Cet ouvrage a été tiré à :

990 exemplaires sur papier pur fil des papeteries Lafuma, à Voiron, dont 900 numérotés de 1 à 900 ;

et 90 sans numéro, non mis dans le commerce.

Exemplaire N° 402

Ce volume a été déposé au ministère de l'intérieur en 1923.

L'ALBUM DE SAINT-POINT

OU

LAMARTINE FANTAISISTE

LAMARTINE A L'ÉPOQUE DES MÉDITATIONS

L'ALBUM DE SAINT-POINT
OU
LAMARTINE FANTAISISTE

LETTRES INÉDITES EN VERS

PUBLIÉES PAR

RENÉE DE BRIMONT

Avec un portrait de Lamartine
Quatre gravures hors texte et le fac-similé
d'une lettre autographe du poète

PARIS
LIBRAIRIE PLON
PLON-NOURRIT ET Cie, IMPRIMEURS-ÉDITEURS
8, RUE GARANCIÈRE - 6e

A LA MÉMOIRE DE MA MÈRE

NÉE

MARGUERITE DE MONTHEROT

LAMARTINE FANTAISISTE

L'ALBUM DE SAINT-POINT

LETTRES INÉDITES EN VERS

Quidquid tentabam scribere versus erat.

(OVIDE.)

Alors qu'une jeunesse nouvelle révélée dans la violence marche, âpre et hâtive, vers de nouveaux destins, les choses de naguère ont revêtu, semble-t-il, un prestige plus rare ; elles nous attirent et nous émeuvent davantage, par leur grâce aujourd'hui désuète. Et sans doute faudrait-il quelquefois reculer d'un peu, soulever un coin de voile, respirer une cendre parfumée, pour bien mesurer ce qui nous sépare comme ce qui nous rapproche des hommes disparus, de ceux qui ont enchanté leur siècle ou participé à son histoire.

Saint-Point, en Bourgogne, au fond de sa fertile vallée, conserve si parfaitement la mémoire du maître que de telles impressions m'assaillaient durant les beaux jours de septembre vécus sous le toit familial.

Disparate, le manoir auquel Lamartine, à son retour d'Angleterre, ajouta une aile et une tourelle de style « oxfordien », mais charmant dans son arlequinade. Un jet d'eau retombe à bruit perlé au milieu de la pelouse, devant le péristyle égayé de fleurs grimpantes ; de nobles arbres ombragent la négligente courbe des allées ; ici rêve un petit étang dont l'eau disparaît çà et là sous des bouquets de nénuphars ; plus loin paissent des vaches, points mouvants blancs et roux sur l'uniforme prairie verte ; à l'autre bout du parc, le clocher de la vieille église qui rehausse le village s'effile entre deux sapins rivaux, et la tombe du poète est face au cimetière, contre le chemin caillouteux. Des mortes reposent à côté du grand mort : sa mère, sa femme, sa fille enfant, sa nièce Valentine, la touchante vestale de son culte, celle qui réchauffa de tendresse les années cruelles et qui ferma des yeux où tant d'éclairs avaient passé. Un buste orne l'étroite chapelle ; sur le marbre, l'artiste a tracé ces mots : « La gloire des grands hommes appartient à tous, leurs douleurs sont à ceux qui les aiment. »

Mais on évoque les ombres aux lieux mêmes de leur vie et, chez lui, dans l'appartement ensoleillé plein de choses fidèles, j'imaginais bien la haute silhouette élé-

gante de Lamartine. Lit à baldaquin, bahuts, fauteuils, menus objets personnels se souviennent, immuables. Au pinceau de sa femme sont dus les médaillons, figures de poètes célèbres, qui décorent la cheminée ; aux murs tapissés de perse rayée du cabinet de travail sont accrochés des portraits, des vues familières. Le bureau porte son encrier, ses plumes d'oie, les tablettes de bois verni, pupitres légers qu'il posait, pour écrire, sur ses genoux.

Une chambre démeublée sépare des salons ces pièces réservées. L'actuelle châtelaine de Saint-Point, ma cousine, y a classé les manuscrits et les correspondances qu'elle possède encore ; c'est là qu'un soir de furetage j'entr'ouvris certain cahier vêtu de carton brun, pieusement gardé dans notre famille. J'ai dénoué le ruban qui en retenait les pages et j'ai lu :

Un jour viendra qu'ouvrant mon secrétaire,
Des papiers du défunt préparant l'inventaire,
Un vieux tabellion, besicles sur le né,
Entr'ouvre votre lettre et recule étonné :
« Mes yeux, me trompez-vous ?... Je connais l'écriture !
C'est lui-même !... c'est lui !... »

Car le feuillet jauni sur lequel courent ces vers, signés : Montherot, est précédé d'un feuillet plus mince, couvert d'arabesques plus délicates : l'écriture de

Lamartine. Et il suffit de feuilleter plus avant pour s'apercevoir qu'on tient une correspondance qu'échangèrent le poète et l'un de ses beaux-frères, que cette correspondance est en vers et qu'elle décèle à toutes pages une intimité gaie, libre, délicieuse.

L'album de Saint-Point n'a jamais été, comme le recommande une note de la première page, « confié à personne » ou « communiqué à d'autres qu'à des amis ». Depuis la mort de M. de Montherot qui en avait réuni les documents, il dormait... depuis un demi-siècle.

Ce ne fut donc pas un « vieux tabellion » qui rouvrit, en cette soirée d'automne, dans la chambre pensive, le reliquaire où subsiste un peu du cœur de Lamartine et d'où soudain il me sembla qu'un rire juvénile, qu'un rire insoupçonné s'exhalait... Rire de jeune homme, rire dont nul n'avait capté l'écho, rire humain d'un dieu, rire enfin dont on réalise qu'il nous manquait, puisque à l'entendre on éprouve plus d'émotion peut-être qu'à lire une *Harmonie* échappée aux éditeurs.

Dans un tel sentiment, j'ai cru pouvoir invoquer le droit de prescription contre les scrupules du bon et charmant esprit que fut François de Montherot, mon arrière-grand-père, et recopier feuille à feuille le recueil privé qui suggère, imprévue, fantasque, substituée pour quelques heures furtives à celle du prestigieux poète, l'image d'un malicieux étudiant.

François de Montherot a épousé, en secondes noces, l'an 1821, Marie-Suzanne-Clémentine de Lamartine. Les *Nouvelles Confidences* nous donnent d'elle un portrait ; le frère aîné décrit cette sœur de quinze ans alors qu'elle descend les marches de l'église de Mâcon au sortir de la messe et que « la lumière sereine du matin se mêle sous le porche à la lumière lointaine et intérieure des cierges. On l'appelait dans le peuple, ajoute-t-il, le tableau d'autel, parce qu'il y avait dans le chœur de l'église un tableau peint par Mignard qui lui ressemblait ».

Elle devait mourir après trois ans de mariage, laissant un fils, Charles. « Ma sœur a fini hier soir comme un ange, sans agonie et sans douleur, son angélique vie ; sa mort n'a été que son dernier soupir (1). »

Le mari de Suzanne paraît être celui des beaux-frères du poète avec lequel ce dernier a le plus d'affinités. Ce n'est vraisemblablement pas de lui que parle

(1) Correspondance.

Lamartine, un jour de spleen à Saint-Point où il se voit avec découragement « poursuivi jusque dans sa chambre par des beaux-frères et des enfants criards ».

Mme de Lamartine, la mère, note dans ses cahiers inédits « la figure assez agréable » et « la bonne santé » de son gendre. Tout concorde à faire apparaître Montherot comme le type accompli du gentilhomme provincial au début du dix-neuvième siècle, dont Lamartine fut lui-même un exemplaire éblouissant. L'un est à l'autre une sorte d'ombre portée. Issu comme Lamartine d'une famille où se rencontrent la robe du prêtre et celle du magistrat, l'épée du soldat, la plume du lettré, les corbeilles du vigneron, comme lui Montherot est élevé chez des religieux qui perfectionnent dans son cœur la discipline morale et la fidélité légitimiste de leurs parents ; mais comme lui, il respire, adolescent, les souffles nouveaux, dévore les auteurs prohibés, les rimeurs légers, les apôtres de la liberté de pensée. Il sera, comme lui, maire de son village, et charitable, désintéressé ; comme lui, membre de plusieurs académies de province ; comme lui, pèlerin passionné des pays latins et des rives orientales. Il a des attaches dans la diplomatie où Lamartine n'aura qu'à se montrer pour séduire. Comme tout esprit cultivé du temps, il fait des vers. Tout ce qui, chez le grand homme, se marque d'un trait éternel, est répété chez Montherot par un pointillé en grisaille.

Il n'en reste pas moins, par définition, l'aimable homme, évoquant ce personnage obligeant et raisonnable des comédies de Molière et de Marivaux, de bonne compagnie, de bon conseil, qui, à l'heure opportune, apporte le contrepoids d'une autorité bien équilibrée. Grand amateur de peinture, ami des livres, François de Montherot laissera une belle galerie de tableaux et une importante bibliothèque dont il relie lui-même quelques ouvrages préférés. Ce sont parfois les siens (1).

En 1826, Lamartine a trente-six ans. Il a publié ses premiers poèmes avec un retentissement considérable.

Derrière lui, sa jeunesse tiraillée, incertaine, où les influences se heurtent, où le génie cherche sa voie, où il s'ignore encore comme ceux qui le chérissent le plus !

Libéré des êtres et des lieux qu'il n'a pu chanter avec tant de sincère amour qu'une fois hors de leur étreinte, il est de nouveau dans la radieuse Italie qu'il n'a visitée d'abord, jadis, qu'en manière de diversion à une passionnette. On le séparait de Mlle Hen-

(1) C'est ainsi qu'il relie en « veau corinthe doré sur tranches » ses *Mémoires poétiques* pour les offrir à Aimé Martin.

riette P..., fille d'un fonctionnaire de Mâcon, la belle « walseuse » qu'il célèbre dans ses *Mémoires* en disant que « tout son corps était une danse », et on l'envoyait bien loin, sous un ciel indulgent..., s'éprendre de Graziella. Il a gardé de ce voyage initial un souvenir exalté, malgré les contraintes, la tutelle d'un ami, les difficultés pécuniaires. C'est que l'Italie est le lieu du monde qui convient le plus exactement à sa nature morale et physique, à laquelle la stimulation des paysages spirituels et d'une ardente lumière est à peu près indispensable pour s'épanouir. Il est retourné à Naples dès son mariage, dont on peut dire qu'il fut un mariage de raison beaucoup plus qu'un mariage d'amour, mais qui lui assure un bonheur sérieux et calme.

Il a reçu le poste d'attaché d'ambassade, et cette nomination a mis un terme à l'incertitude de ses vœux, car il hésitait entre plusieurs carrières. Après de nombreuses démarches, après avoir eu la crainte d'être envoyé en Allemagne dont le climat ne lui conviendrait pas plus que, naguère, celui de Londres, le voici enfin sur la route de Florence, sa patrie d'élection. Rappelons la lettre par laquelle, le 5 octobre 1825, il conte à Virieu les circonstances de son arrivée :

« ...J'y suis depuis trois jours, dans ce Florence. C'est bien l'Athènes du moyen âge... J'ai trouvé un logement un peu vieux, un peu sale, mais à souhait pour moi. Belles écuries, immenses remises, cours, jardins et terrasses, vignes et cyprès tout à l'entour, et la vue et l'air bornés seulement par les collines du Midi, la villa d'Albizzi et celle de notre ami Machiavel, près de la porte Romaine et n'ayant que dix pas de pavé pour galoper dans les avenues du Poggio impérial... »

Au pays même des Muses, sous le soleil qui semble dorer et mûrir la pensée mieux que partout ailleurs, Lamartine aborde une période qui restera unique dans sa vie. Sûr de soi, non pas comme Gœthe à qui son jeune triomphe apollonien semblerait parfois l'apparenter, mais avec une sorte d'ingénuité, de nonchalant détachement, il jouit d'une renommée « européenne, universelle », selon l'expression de M. de la Maisonfort (1). Il a transformé en verbe lyrique l'âpre et stérile tristesse dans laquelle il se rongeait muettement, il l'a transformée aussi en or, cet or qui glissera de ses doigts plus aisément encore que de sa plume les mots ailés.

Chacun de ses « hélas ! » lui vaut une pistole !

constate Montherot, fraternellement satisfait. Aussi est-il presque heureux, presque insouciant... Les années

(1) Lettre écrite à Lamartine aussitôt sa nomination officielle.

qu'il passera en Toscane vont miraculeusement enrichir et prolonger cet état d'esprit. Il en parlera bien souvent plus tard, et toujours comme de la « délectation de sa jeunesse » !

Et voilà qui nous ramène à l'album de Saint-Point, puisque la correspondance y débute par une lettre datée de Florence.

Mais tout d'abord, il nous faut supposer — et nous le pouvons assez sûrement — un entretien antérieur où Lamartine et Montherot se seraient égayés aux dépens des romantiques et de leur goût descriptif, comparant leur manie de faire rimer des chiffres ou des noms propres au procédé de Boileau, particulièrement dans les *Epîtres*.

Le Salon de madame X..., poème romantico-descriptif, signé des deux beaux-frères, n'est qu'une parodie inspirée, nous apprend une note au bas de la feuille manuscrite, par la lecture de *la Muse française*. « Puisse-t-elle vivre aussi longtemps que ce journal romantique ! C'est avoir peu d'ambition ! » ajoutent les collaborateurs.

Sur ses gonds bien huilés le double battant s'ouvre,
Le noble intérieur du salon se découvre

Aux yeux de l'étranger muet d'étonnement
Qui grave en son esprit ce bel appartement...
...Si les dieux bienfaisants t'accordaient la parole
Je viendrais, canapé, m'instruire à ton école ;
Tu me révélerais... Mais non, meuble discret,
Bien mieux que les amants tu gardes un secret ! etc.

Suivent des descriptions du mobilier : fauteuils, chaises, etc.

Tel est le jeu. Tous deux y ont pris tant d'agrément qu'ils ont juré, en se séparant, de ne s'écrire qu'en vers et en vers de cette sorte. L'auteur du *Crucifix* et de *la Mort de Socrate*, certain de retrouver, quand il le voudra, sa Muse élégiaque et purement drapée, l'attife en soubrette :

Je veux qu'elle s'amuse !

s'écrie-t-il (1). Elle garde néanmoins du style :

En vain au ton commun il veut plier sa Muse,
La Muse, l'isolant des rimeurs d'aujourd'hui,
Révèle le poète et chante malgré lui,

riposte son correspondant. Mais elle est dépourvue d'austérité et ne recule pas toujours devant les mots. C'est presque Mimi Pinson ; cependant son cœur n'est pas républicain... Pas encore !

(1) Boileau dit aussi dans son *Discours au roi*, en parlant de la Muse : « Sur de moindres sujets, je l'exerce et l'amuse. »

Au moment d'écrire sa première lettre, Lamartine s'est ressouvenu de la *IVe épître* de Boileau, adressée au roi pendant la campagne de Hollande :

ÉPÎTRE I.

Florence, 27 septembre 1826 (1).

Si je vous répondais, où diable vous écrire?
Vous qui, des bords fangeux où l'Océan expire,
Remontez en huit jours aux sommets où le Rhin
Dans un lit de granit a creusé son chemin,
Et, brisant le rempart de sa rive jalouse
Du fracas de ses eaux vient étourdir Schaffhouse!
Si mon vers paresseux vous cherche à Rotterdam
Vous avez déjà fui les canaux d'Amsterdam,
Si je cours après vous jusques à Bâle en Suisse...
Mais il me cuit encore de mes rimes en *cuisse*

(1) Dans une lettre à Virieu, l'ami de qui la présence manque à Lamartine partout où il se plaît, le poète décrit ainsi cette promenade à laquelle il le convie :

« Voilà un lieu selon nos cœurs! Un immense monastère, au sommet d'une montagne de l'Apennin, entouré de forêts de pins et de châtaigniers, arrosé de lacs et de fontaines, entrecoupé de gazons et de rochers, de chapelles et d'ermitages. Là, une cellule pour l'étranger, un déjeuner champêtre et un excellent dîner, servi à son heure comme par enchantement... Immense bibliothèque, silence absolu et cinq lieues de précipices entre les ennuyeux et soi. Fraîcheur et chaleur : voilà où j'irai souvent, comme y allait Milton, passer des journées au printemps; mais je t'y voudrais. »

Il faut lire aussi l'*Harmonie* intitulée : *l'Abbaye de Vallombreuse*.

Depuis que dans Paris nos rimeurs délicats
Ont proscrit de nos vers notre moitié d'en bas !
Changeons donc de sujet et parlons d'Italie !
De ce nom plus brillant notre langue embellie
En sons plus caressants coulera dans mes vers
Où vos noms allemands s'encadraient de travers.
Je viens de visiter les montagnes de Lucques ;
Ah ! le mot est écrit ! Il faut rimer en *ucques ?*
N'importe ! Dût ce mot des rimeurs redouté
De mon style si doux déparer la beauté,
Dût le pédant Auger (1) en faire la grimace,
C'est le nom du pays, que veut-il que j'y fasse ?
A Vallombreuse, un jour, n'avez-vous pas été ?
Huit jours passés déjà, j'y suis aussi monté ;
Quinze bénédictins m'en ont ouvert la porte.
Je comprends qu'on y vienne et non pas qu'on en sorte,
Car, quand un pauvre diable ennuyé des humains
A, pendant soixante ans, battu les grands chemins,
Quand il n'attend plus rien qu'une heure après une heure,
Il ne saurait, ma foi, mieux choisir sa demeure.
D'admirables sapins, que Dieu même a plantés,
A cent pas du couvent montent de tous côtés ;
Quelques rochers abrupts en pyramide obscure
S'élèvent au milieu de leur sombre verdure ;
Un temple décoré des chefs-d'œuvre de l'art
Par sa forme gothique enchante le regard ;
On entend jour et nuit (ces mots sont pour la rime)
Des harpes de David rouler l'écho sublime,
Et l'âme, s'arrachant aux choses d'ici-bas,
Monte au ciel avec eux et n'en redescend pas !
Pour moi qui, fatigué d'une route effroyable,

(1) Auger, journaliste et critique littéraire.

Arrivais avec soif et d'une faim du diable,
J'attendais, je l'avoue, avec anxiété
Qu'on sonnât après vêpre un *Benedicite*.
Le frère cuisinier ne se fit pas attendre :
On me servit le pain, le vin, le poulet tendre,
D'excellents champignons, dont le chapeau pourpré
Au chapeau cardinal peut être comparé
Et dont une limpide et suave friture
Assaisonnait ce goût que leur fit la nature.
Vous savez qu'en ces lieux où le pâle olivier
Répand à flots dorés l'huile au sein de l'huilier,
Des cent mille ragoûts qu'inventa la cuisine
L'huile est le plus divin, mais... quand l'huile est divine !
Après avoir bien bu, mon cher, et bien dîné,
Et m'être quelque temps dans les bois promené,
Je rentrai solitaire en cette solitude
Et je voulus un peu m'amuser à l'étude.
Mais, hélas ! le prieur, bon vieux bénédictin,
S'occupait peu, je crois, de grec ou de latin,
Et la bibliothèque, avec ordre rangée,
Par les rats du couvent était un peu rongée !
J'en recueillis pourtant quelques rares débris ;
C'était des saints du lieu les mystiques écrits,
Qui, reliés jadis en parchemins solides,
Tout brillants en dehors, dedans étaient tout vides !
Mais, parmi ces monceaux de papiers griffonnés,
De légendes sans noms, de missels blasonnés,
Je tombai par hasard sur un petit volume
Que le ver des greniers depuis longtemps consume
Et qui, digne d'un sort et d'un jour plus brillant,
Malgré ses trois cents ans me parut excellent.
C'était... Vous allez rire ! Eh bien ! riez à l'aise :
Les Méditations... mais de sainte Thérèse !

J'en fus vraiment charmé; les femmes de ce temps
Valaient bien, j'en conviens, celles de dix-huit cents !
Quelle verve ! Quelle âme ! Et quel divin génie !
Platon n'est pas plus haut dans la sphère infinie
Quand, nous parlant du diable en enfer enfermé :
« Le malheureux, dit-elle, il n'a jamais aimé ! »

Mais c'est assez parler de ces sujets sublimes.
Prenons un vol plus bas et tempérons nos rimes.
J'allais monter trop haut; prenons un ton plus doux.
Disons en quatre mots : Comment vous portez-vous ?
Tant de chemin de fait, tant de bouteilles bues,
Tant de monts mesurés et tant de villes vues
Ont-ils diminué ce royal embonpoint
Dont vous vous plaignez tant ! dont je ne me plains point ?
Ne vous sentez-vous plus autour de la cheville
Cette démangeaison, ces piqûres d'aiguille
Dont la goutte prochaine avertit doucement
Le pied où la douleur marque son logement ?
Dormez-vous, mangez-vous et dînez-vous sans faute ?
Mais je m'arrête ici, cette rime est trop haute !
Je vois avec effroi quatre pages de noir !
Quatre pages, grands dieux ! disons vite bonsoir.
Honteux d'avoir écrit de ma mince écriture
Quatre pages de vers sans brouillon, sans rature,
Pendant le même temps que mon ami Sgricci,
Cet improvisateur qui loge près d'ici,
Auroit improvisé quatre ou cinq tragédies
Par des Anglois de Londre encor bien applaudies !
Adieu donc une fois, deux fois, trois fois, c'est fait !
Je signe et je paraphe et l'ouvrage est parfait,
Si je ne laisse pas, jusque sur mon adresse,
Couler en vers nombreux les ondes de Permesse !

Le temps n'est pas bien loin où, pour un pareil coup,
Messieurs de l'Institut m'auraient vanté beaucoup,
Alors qu'aux yeux d'Auger c'était chose divine
Que de chanter en vers *virus, bubon, vaccine!*
Si mon épître alors avait frappé leurs yeux,
Ce chef-d'œuvre nouveau m'eût ouvert les sept cieux !

La réponse appliquée de Montherot achève de nous éclairer sur les intentions et les statuts des deux correspondants badins :

Si mon vers paresseux vous cherche à Rotterdam
Vous avez déjà fui les canaux d'Amsterdam...
Bravo ! mon cher, voilà du bon style classique !
A copier Boileau votre plume s'applique
Lorsque *mal à propos engagé dans Arnheim*
Il ne sait pour sortir de porte qu'Hildesheim;
Lorsqu'il maudit la rime et les lois qu'elle impose
Comme pour avertir qu'il n'écrit pas en prose,
Et pour rappeler mieux aux lecteurs étonnés
Qu'il fit péniblement ces vers si bien tournés !

. . . .

Qu'il est fâcheux pour vous, épître trop charmante,
Que, de vos jolis vers l'amitié confidente
Gardant pour elle seule un trésor précieux
Avare en ses plaisirs, les cache à tous les yeux !
Genoude, les citant pour gonfler sa gazette,
Aurait cru rehausser la gloire du poète ;
A Londre, à Rome, en Chine, ils auraient été lus...
Non, non, qu'avec mes vers ils meurent inconnus !

Que dis-je, un jour viendra qu'ouvrant mon secrétaire,
Des papiers du défunt préparant l'inventaire,

Un vieux tabellion, besicles sur le né,
Entr'ouvre votre lettre et recule étonné :
« Mes yeux, me trompez-vous?... Je connais l'écriture.
C'est lui-même, c'est lui! Malgré la signature!
O souvenir pénible et doux tout à la fois!
Je crois le voir encore, entendre encor sa voix,
Lorsque, quittant Paris, je vins dans sa retraite,
Dans son vaste château surprendre le poète :
Avec lui m'égarant dans les forêts d'Urcy,
Inspiré, je disais : je suis poète aussi!
. . . .
« Mais lisons. Hé vraiment, le poète s'abuse :
En vain au ton commun il veut plier sa Muse;
La Muse, l'isolant des rimeurs d'aujourd'hui,
Révèle le poète et chante malgré lui.
Il s'amuse à tracer, d'une plume badine,
Les détails savoureux de l'art de la cuisine,
A rendre à ses leçons le gourmand attentif
Dans ce genre épuisé qu'on nommait descriptif;
Ose, après Savarin, parler de la friture,
De l'olive et du goût que lui fit la nature.
Je le retrouve encor quand il croit m'échapper;
Remonte, oiseau des cieux, tu ne saurais ramper;
Remonte et va briller aux voûtes éternelles!
« Même quand l'oiseau marche, on sent qu'il a des ailes. »
Ici Victor Hugo s'arrête, tout joyeux
D'avoir pour dernier trait cité ce vers heureux.

C'est à Lucques, comprise ainsi que Parme et Modène dans le ressort de la légation de France, que le jeune secrétaire d'ambassade a rejoint son ministre, le marquis de la Maisonfort. Lamartine dit lui-même sans détour que, « dans ce séjour enchanteur, la politique, tout à fait nulle, n'est que prétexte aux fonctions et aux appointements de la diplomatie ». « A Florence, dit-il encore, la vie est un peu moins oisive. » Et il s'occupe de poésie, « comme respiration de l'âme » (1). La poésie n'émane-t-elle pas de lui presque naturellement? Il semble que ce soit en vers qu'il songe tout d'abord à s'exprimer. C'est en vers qu'il correspondait avec Mlle Pascal, et l'on découvre dans ses lettres à Virieu et à Laurent de Jussieu plusieurs passages rimés à la manière plaisante. Peut-être donc, s'il ne s'agissait avec Montherot d'une convention formelle, adopterait-il quand même ce mode d'entretien épistolaire, faute d'avoir le temps d'écrire en prose ! Du moins pouvons-nous ainsi conclure de ses lamentations, quand il lui faut suppléer le ministre et expédier des rapports à Paris.

Il donne au cours de sa correspondance maintes descriptions de promenades dans la campagne, suivi de ses chiens, montant un des chevaux qu'il a fait venir de Paris, ou l'un des étalons offerts par le bey de

(1) Lettres à M. de la Grange.

Tunis et qu'il dresse aux Cascines. Après avoir expédié quelques dépêches « très insignifiantes et très spirituelles » de M. de la Maisonfort, il s'en va écrire « à l'ombre d'un caroubier, dans son jardin, ses *Harmonies poétiques;* enfin, il se délasse de « ces notes pieuses adressées à Dieu dans la langue des psaumes » en composant, sans ratures, sans mise au net, quelqu'une des épîtres à son beau-frère que nous devions trouver revêtues du cachet de la poste, dans l'album brun.

M. de la Maisonfort — Lamartine en parle avec sympathie intellectuelle, reconnaissance et insécurité — lui fait la vie très douce. Cet homme qui écrit des vers, lui aussi, l'a reçu, « non en secrétaire, mais en poète, comme les hommes d'État d'Italie auraient reçu Torquato ou l'Arioste à la cour de leur prince, avec cette cordialité sans morgue qui nivelle, dans la confraternité des lettres, les supériorités de rang et de grade » (1).

Lamartine est tantôt à Lucques, tantôt à Florence où il aime à rêver, au fond de son jardin, sur la terrasse d'où il aperçoit le monument funèbre de la villa Torregiani, sorte de cénotaphe élevé à la mémoire d'une morte. Tantôt il habite Parme, où il rencontre Marie-

(1) *Lamartine par lui-même.*

Louise, « jeune captive, ravie par l'Achille moderne », Chryséis allemande dont, bien entendu, il excuse la tiédeur à l'égard de Napoléon et dont il surprend, ce qui ravit son goût de l'idylle, les amours avec M. de Neipperg.

Il est aussi à Modène, qui serait pour lui sans grand charme, s'il n'y avait la duchesse, « digne mirage d'Éléonore, idole du Tasse » (1).

Heureux introducteur d'une gloire naissante, M. de la Maisonfort présente Lamartine à la cour de Florence. On sait quelle amitié eurent pour lui le grand-duc Léopold et sa femme et quel accueil il reçut d'eux. Le poète, qui aime les grands comme il aime les petits, d'un cœur largement ouvert, est assez tiède pourtant quand il parle du grand-duc : à travers ses réticences courtoises, il le juge avare et solennel. Mais il s'enthousiasme pour la grande-duchesse qui, de son côté, le considère « non pas comme un diplomate, mais comme un homme qui mettrait... de l'idéal partout ». Le grand-duc, grâce à elle, ouvre à Lamartine sa bibliothèque du palais Pitti, touchant au jardin Boboli, et le rencontre ainsi « comme par hasard », en dérobant cette prédilection « à la jalousie des autres diplomates ».

(1) *Lamartine par lui-même.*

Lamartine retrouve la coterie grand-ducale à Livourne où les princesses (la grande-duchesse et sa sœur) profitent de la familiarité des bains de mer pour entrer quotidiennement dans sa maison ; les enfants princiers jouent avec sa fille « dans le jardin, sous les orangers, à la fraîcheur du jet d'eau ».

Leur intimité n'est interrompue qu'officiellement par l'épisode assez fâcheux du *Dernier Chant de Childe-Harold*. Un duel entre le poète et le colonel Pepe régla l'incident le plus courtoisement du monde ; Lamartine se montre, en cette seule fois, meilleur diplomate que durant toute sa carrière.

Il s'accommode de ses charges, bien que, la première année, ses illusions sur leur utilité ne paraissent pas grandes. Mais en octobre 1826, une circonstance survient qui transforme la situation. Le marquis de la Maisonfort est obligé de se rendre en France. Pour parer à son absence, qu'on croit devoir être brève, Lamartine est nommé, par M. de Damas, chargé d'affaires et investi des responsabilités de la légation. Or, le retour du ministre est différé de semaine en semaine, de mois en mois ; puis on apprend sa mort, et, jusqu'à ce qu'un nouveau chef soit désigné, Lamartine garde son poste : cet intérim aura duré près de deux années.

« Me voici chargé d'affaires, écrit-il à la marquise de

Raigecourt ; c'est la position la plus agréable d'un secrétaire de légation. Vous ne me reconnaîtriez pas tant je suis devenu sage, rangé, studieux, tant je barbouille de dépêches, et fais de visites dans ma journée. Cette carrière me plaît. J'y suis entré un peu tard et l'on m'y oublie un peu longtemps, mais, tant qu'on est oublié en Italie, il n'y a pas à se plaindre. »

Ce qui est évident, ce qui se dégage de toute la correspondance de Lamartine à cette époque et des épîtres mêmes dont nous nous occupons ici, c'est que le départ de M. de la Maisonfort lui procure — et seulement alors — l'indépendance et l'activité qui pouvaient lui faire prendre son rôle au sérieux. Il quitte une allure négligente et légèrement sceptique ; il s'anime, il travaille ; ses forces vives affleurent. Être « oublié à son poste » n'est heureusement pas, dans son esprit, y rester inaperçu.

Il ne faut donc nullement se méprendre au ton désinvolte sur lequel il discourt, dans l'épître suivante, des vanités du monde, et persifle sa propre personne s'apprêtant pour aller remplir une fonction officielle. Sa lucidité lui laisse toujours voir le fond des choses, mais les choses ont une saveur qui lui plaît.

ÉPÎTRE II.

Firenze, 23 marzo.

J'ai reçu les couplets, paroles et musique :
M. de Labouïsse est un sujet unique,
Ses amours conjugaux m'ont toujours réjoui.
Aussi comme à Lyon vous l'avez accueilli !
Couronnes de lauriers et couronnes de roses
Se disputaient son front couvert d'apothéoses.
Couronnes de chardons auroient fait encor mieux,
Mais messieurs de Lyon les conservent pour eux !
Où diable avez-vous pris ce sujet historique ?
Est-ce une farce ? Ou bien un récit authentique ?
M. de Labouïsse en auroit-il fait part
A messieurs du lycée ou du cercle des arts ?
Car dans votre pays il a force confrères
Qui chantent leurs papas, leurs oncles ou leurs mères,
Et sitôt qu'un couplet avec effort rimé
A couru, chanté faux dans le cercle charmé,
Messieurs les rédacteurs de vos plates gazettes
Couronnent l'écolier du laurier des poètes.
M. de Labouïsse est leur *nec plus ultra,*
De Castelnaudary jusques à Carpentra !
Et c'est un vrai héros pour cette Académie
Où m'a mis de Deloy (1) la tendresse ennemie ;
Car pour ce grand talent on ne peut contester
Qu'il ne soit de province et ne doive y rester

Mais c'est assez parler des sottises des autres ;
Pour changer de sujet, ami, parlons des nôtres :

(1) Aimé de Loy.

Que faites-vous là-bas, le pilon à la main,
Battant et rebattant votre vieux parchemin ?
Quoi ! n'entendez-vous pas, du haut de votre rue,
Le zéphir du printemps qui dissipe la nue,
L'avalanche qui tombe au pied du mont Cenis
Et qui rend les chemins de Rome tout unis ?

Voilà le champ qui germe et le ciel qui s'essuie.
Prenez souliers à clous, bâton et parapluie,
Et par un beau matin venez-vous promener,
Jusqu'aux bords où l'Arno que je vois décliner,
Passant sous mon palais sans que rien le détourne,
De détours en détours, tourne jusqu'à Livourne !
Quel plaisir vous aurez de Gêne à Chiavari !
Santa Margarita ! Le golfe de Sestri !
Carare et Lucque enfin dont les Alpes riantes
Recouvertes partout de forêts verdoyantes
Sont le plus doux séjour qu'au milieu de l'été
Au poète trop gras la nature ait prêté !
Là, jamais sous vos pieds les sources ne tarissent,
Jamais des châtaigniers les feuilles ne jaunissent,
Et jamais Réaumur, de jour comme de nuit,
Dans les tems les plus chauds ne s'élève à dix-huit !
Que dis-je ? Sur les flancs de ce nouveau Parnasse,
Même au fort du mois d'août vous boirez à la glace.
Venez donc : vous aurez, en attendant, ici,
Bon feu, bon lit, bon hôte, et bonne chère aussi ;
Nous irons le matin errer sous les Cascines ;
Ou bien philosopher sur de vertes collines,
Ou, le lapis en main, couché sous l'olivier,
Observer la nature et la versifier !
Quel plaisir, quand on est détrompé de ce monde,
Quand la jeunesse a fui comme une eau peu profonde,

Quand on se moque au fond des mille vanités,
Qu'en vers (rimés, dit-on), Salomon a chantés,
Quel plaisir de s'asseoir au flanc d'une colline
Avec de vieux amis, Virieu, Lamartine,
Ou tel autre animal qui, des hommes lassé,
Hors de la sphère active à la fin s'est placé,
Et, bornant tous ses sens au sens philosophique,
Unit à vos ennuis son ennui sympathique !

Quel plaisir (mais il faut le répéter trois fois,
Sans quoi, du lecteur coi l'haleine est aux abois),
De parler à loisir pendant que le jour baisse
De passé, d'avenir, de vertu, de sagesse,
De sottises, de vers, de musique, de tout,
Et de dire à la fin dans un même dégoût :
« Voilà donc ce que c'est que l'homme et que la vie !
Voilà donc ces sujets de regrets ou d'envie !
Voilà donc !... » Mais, messieurs, allons-nous-en dîner,
Car le jour sur Prato commence à décliner,
Et l'*Ave Maria,* cette heure du silence,
Sonne de tous côtés dans les tours de Florence !
Adieu donc ! Je m'en vais endosser le harnois,
Et, pour représenter le plus puissant des rois,
Sur un maigre mollet qu'un faux mollet décore
Mettre un long caleçon qui le grossit encore,
Puis tirer sur le tout une paire de bas
Trop étroits pour le haut, trop larges pour le bas ;
Puis chausser de travers deux pantoufles pareilles
Dont la boucle d'or faux unit les deux oreilles ;
Puis coiffer un chapeau dont, par plus d'un affront,
La corne officielle a fléchi sur mon front ;
Puis, revêtant l'habit dont la trame un peu plate
De ma promotion atteste encor la date,

Faire dire aux badauds charmés de mes succès (1) :
« Pour porter l'uniforme, il n'est tel qu'un Français (2) ! »

M. de Montherot, qu'enhardit l'enjouement de son beau-frère, réplique par une épigramme :

Air de Beaumarchais : *Mes bons amis.*

Sur sa maigreur
L'harmonieux auteur
Se plaît à badiner lui-même.
Pour l'imiter
Osons le plaisanter :
Trois instruments sont son emblême.
— Je crois vous voir ainsi :
De corps très aminci,
Moins bien jambé que jamais ne le fûtes...
Qui vous verra
S'étonnera,
Et qui vous entendra
Dira :
C'est une harpe sur deux flûtes !

Libre de mener les jours à son gré, Lamartine les mène superbement. Sa prodigalité, son goût de l'hospitalité n'ont jamais été à pareille fête. Si la société la mieux choisie reçoit les honneurs de la légation de France, si les ducs d'Istrie, de Dalmatie, les Borghèse,

(1) Rime obligée.
(2) On met trois accents circonflexes sur français (orthographe des calicots, première leçon).

les Boutourline, les Bombelles, les Montebello, les Saint-Aulaire, les Castellane s'y rencontrent, ses amis intimes s'attardent chez lui en des séjours prolongés et sont les témoins de son existence enchantée. Il accueille aussi des confrères poètes : Manzoni, Casimir Delavigne (1).

Mlle Delphine Gay, qui deviendra Mme de Girardin et se liera avec Lamartine d'une véritable amitié, séjourne à plusieurs reprises en Italie. Il lui adresse, à Rome, l'*Harmonie* de *la Perte de l'Anio*, dont on fait une lecture enthousiaste chez l'ambassadeur.

Dans le cahier brun, cette *Harmonie* est classée sous le n° 17. Montherot, installé à Mâcon, dans la chambre même de Lamartine, lui mande à ce sujet :

Mâcon, le 28 mars 1827.

Me voici de nouveau dans la chambre pourprée
Où ma Muse badine, un jour bien inspirée,
Vous offrit un présent par vous bien accueilli
Et bien payé surtout. Il me valut Milly !
Milly! Sublime chant ! Ravissante *Harmonie!*
Sur un ton plus touchant jamais votre génie...

(1) L'épître de M. de Montherot du 25 avril 1827, dont nous n'aurons à citer qu'un extrait, débute par des vers qui témoignent que Lamartine échange des épîtres plaisantes avec C. Delavigne ; ce dernier semble s'y être essoufflé.

Etc. Mon cher, supposez, s'il vous plaît,
Un passage brillant et fameusement fait.

. . . .

Je viens d'aller, guidé par l'amour filial,
Offrir à mon grand-père un bonjour matinal ;
Il lisait dans son lit, appuyé sur son coude,
Le journal de *l'Étoile*, où l'indiscret Genoude
De vos vers sur Tibur orne son feuilleton.
...Une dame d'ici (je vous tairai son nom)
Écoutait lire hier dans notre compagnie
Les vers intitulés : *Dix-septième Harmonie.*

. . . .

La dame écoutait bien, attentive, attendrie.
Elle dit à la fin : « Oui, l'idylle est jolie :
Mais j'ai prêté l'oreille et n'ai rien entendu
Qui peut se rapporter à cet agneau perdu ! »

L'hermite de Fontaine (1), en son humeur sévère,
A trouvé cet agneau peu digne de son père ;
Il vous l'a dit, d'un ton plus brusque que poli.
C'est hier seulement que j'ai lu *Tivoli.*
Faut-il que je le blâme ou bien que je le loue ?
Je suis embarrassé, mon ami, je l'avoue.
Moins cruel que Virieu, je dis d'un ton plus doux :
J'avais espéré mieux du sujet et de vous.

Le meilleur ami de Lamartine n'a pas trop le préjugé de la gloire ; il ne s'en fait pas le courtisan ; il n'aime

(1) Aymon de Virieu.

pas *la Perte de l'Anio*, et il le dit ; il n'aime pas davantage *Tivoli*, pièce de vers composée à propos de la catastrophe subie par cette ville, et sur laquelle le poète a compté pour pallier le mauvais effet du *Dernier Chant de Childe-Harold*. Montherot est, à cet égard, de l'avis de Virieu. A celui-ci, Lamartine a répondu : « Je suis confondu de ce que tu ne trouves pas mes vers sur Tivoli à ton plein gré. Je trouve que c'est le seul morceau par lequel je voudrais lutter avec lord Byron : « Italie, Italie ! » mais on se trompe sur soi-même. Alors, demande à Montherot trois cents à quatre cents vers que je viens de lui adresser sur le séjour de notre enfance. Ils me plaisent moins ; peut-être vous plairont-ils plus. »

Ces trois à quatre cents vers ne sont autres que *Milly*, et l'on voit avec quelle modestie il s'exprime à leur égard.

Lamartine, en effet, ne parvient pas à considérer que sa mission en ce monde soit uniquement de le chanter. Un pressentiment l'avertit qu'une vocation moins facile l'appelle à des cimes dont il ne sait pas encore le nom, mais où ne figure plus le Parnasse. Sans cesse et inexplicablement, — si on ne l'explique ainsi, — il lutte contre la consécration définitive par où ses admirateurs couronnent en lui le divin musicien, l'ineffable joueur de flûte...

Bref, autour de lui, la collaboration critique est permise. Il fait songer à un lion qui laisserait peigner sa crinière par des enfants !

On a remarqué, au début de l'épître du 28 mars, une allusion qui se rapporte à *Milly*. Le précieux album contient la première mise au net qu'en fit Lamartine pour M. de Montherot, qui, n'eût-il point d'autres titres à notre sympathique intérêt, est bien assuré désormais de le mériter grandement. Il ressort des épîtres suivantes qu'il fut l'incitateur de la célèbre *Harmonie* par une lettre écrite de Mâcon, le 15 décembre, lettre non contenue dans l'album, mais où très certainement il rappelait la demeure ancienne ; et tout porte à supposer que les vers sur *Milly*, dans la pensée de Lamartine, du moins lorsqu'il commença de les écrire, ne prétendaient qu'à l'effusion intime et privée par laquelle il répondait à son parent :

> Pourquoi le prononcer, ce nom de la patrie?
> Dans son brillant exil, mon cœur en a frémi !

Une brusque émotion le saisit ; l'inspiration descend ; les images magnifiques palpitent autour de lui, s'abattent sur le feuillet blanc qu'elles transfigurent, font enfin, d'une simple lettre, un chant qui ne cessera plus de résonner...

Mais Lamartine, en 1827, ni son beau-frère, n'en augurent point ainsi.

Le poète a transcrit son dernier vers :

L'adieu, le seul adieu qui n'aura point de larmes...

non sans maugréer un peu, car il y en a trois cent trente, et il doit écrire beaucoup, dans le même temps, pour son service de chargé d'affaires. Il a mis huit jours à venir à bout de sa copie ; celle-ci terminée, il rime une épître bouffonne pour annoncer l'envoi à Montherot, puis, au dernier moment, recule devant la dépense qu'il lui ferait faire (c'était alors le destinataire qui payait les frais de son courrier) ; il attend donc paisiblement le passage de quelque commis voyageur pour Lyon.

ÉPÎTRE III.

Florence, 26 janvier 1827.

Voici, mon cher ami, quelques vers en réponse
A ces vers inspirés par « la chambre d'Alphonse »,
Vers fameusement faits et que jamais Berchoux (1),
Qui prend l'accent des dieux pour célébrer les choux,
N'aurait pu retrouver sur sa lyre enfumée
Qu'ennyvrait du rôti l'odorante fumée !

(1) Berchoux, poète et journaliste. Il a laissé un vers célèbre : « Qui me délivrera des Grecs et des Romains? »

On dirait, oui, ma foi, que, du fond des enfers,
La Muse qui flétrit *la Pucelle* en ses vers,
Dans un jour de gaîté, remontant sur la terre,
Vous souffla l'abandon et l'esprit de Voltaire,
Quand, de l'alexandrin, ce grand rimeur lassé
Chez son libraire Caille était lundi passé !

. . . .

Mais voici d'autres vers écrits d'un autre style ;
Puissiez-vous en trouver quelques-uns de Virgile !
Je les fis l'autre jour à votre intention ;
Acceptez-en, mon cher, la dédication.
Qu'une fois votre nom consacre mon génie.
C'est une *ode*, une *épître* ou bien une *harmonie*,
Peu m'importe le nom, pourvu que ces vers-ci
Soient marqués au vieux sceau de l'*utile dulci!*
J'aurais dû, bien plus tôt, vous en faire l'hommage,
Mais trois cent trente vers à copier ! L'ouvrage
A fait pendant huit jours, du jour au lendemain,
Tomber et retomber la plume de ma main !
Ah ! vous ne savez pas, durant mon ministère,
Que d'encre à consommer, que de lettres à faire
Pour dire noblement à monsieur de Damas
Qu'il gèle dans Florence ou qu'il ne gèle pas,
Qu'au dernier bal de cour, déshonorant la France,
Je fis par un faux pas manquer la contredanse,
Ou qu'on a remarqué qu'au cercle accoutumé
Le ministre d'Autriche était fort enrhumé !
Mais enfin, m'y voilà ! Dans ma large écritoire
Je vois l'encre fumer sous son écume noire
Et ce vil instrument qui supplée à la voix,
La plume du dindon, frémit entre mes doigts !
Mon prologue est fini. J'écris ; vous allez lire.
Farces de Carnaval, fuyez loin de ma lyre

24

De son sabre affilé coupe l'air en tout sens
A défaut d'ennemis se bat contre les vents
Et retroussant du doigt ses moustaches farouches
Tire son fer sanglant pour enfiler des mouches !
Ou bien si vous voulez monter encor plus haut
Et de la terre au ciel me suivre de plein saut,
Tel pendant que le Dieu qui commande au tonnerre
Boit aux pieds de Junon le nectar à plein verre
Et laisse reposer pendant qu'il fait l'amour
Tous ces pauvres humains si contents d'un beau jour,
On voit son fier oiseau cet aigle aux serres saintes
S'accoucher un moment sur ses foudres éteintes
Et retenant l'orage encor flottant dans l'air
Avant de le lancer jouer avec l'éclair !

L. L.

Mais je ne pensais pas que ce paquet trop gros
Pèserait à la poste au moins cinq à six gros !
Je vous épargne donc un surcroît de dépense
J'attendrai pour vous voir une autre circonstance
Un paquet un courrier ou bien l'occasion
D'un voyageur en soie en route pour Lyon !
Et s'il met ces contes ces vers dans sa valise
Au moins ne l'ouvrira pas la crainte qu'il les lise !

FAC-SIMILÉ D'UNE LETTRE DE LAMARTINE *(Fin de l'Épître III)*

Et ne profanez pas plus longtemps à nos yeux
Cet organe divin que nous devons aux dieux !
Mais on peut un moment permettre la folie.
Ainsi j'ai vu parfois et même en Italie
L'organiste pieux dont les doigts font frémir
L'instrument consacré que la nef sent gémir,
Avant que le chanoine eût commencé l'office
Laisser courir ses mains de caprice en caprice ;
Puis insensiblement, afin de s'essayer,
Passer à quelque valse ou quelqu'air de barbier ;
Tel pendant que le dieu qui commande au tonnerre
Boit aux pieds de Junon le nectar à plein verre
Et laisse reposer, pendant qu'il fait l'amour,
Tous ces pauvres humains si contents d'un beau jour,
On voit son fier oiseau, cet aigle aux serres saintes,
Se coucher un moment sur ses foudres éteintes
Et, retenant l'orage encor flottant dans l'air,
Avant de le lancer jouer avec l'éclair !

P.-S. — Mais je ne pensais pas que le paquet trop gros
Pèserait à la poste au moins cinq à six gros !
Je vous épargne donc un surcroît de dépense.
J'attendrai pour mes vers une autre circonstance,
Un paquet, un courrier, ou bien l'occasion
D'un voyageur en soie en route pour Lyon ;
Et s'il met, cher cousin, les vers dans sa valise,
Au moins, je n'aurai pas la crainte qu'il les lise !

M. de Montherot répond :

(Sans date.

Est-il vrai qu'à Berchoux Alphonse me préfère ?
Il m'assigne une place à côté de Voltaire !

De Voltaire? C'est fort! Mais l'éloge est joli :
Peut-on n'être pas vrai lorsqu'on est si poli?
Vers fameusement faits! Oh! l'aimable hémistiche!
De mon propre mérite il faut que je m'entiche :
Des vers! des vers! Je sens ma fièvre redoubler...
« Je t'en avais comblé, je veux t'en accabler! »
Puissé-je être inspiré comme au quinze décembre!
C'est très douteux. J'écris aujourd'hui dans ma chambre...

Et quand Lamartine, la semaine suivante, n'ayant vu poindre aucun voyageur en soierie, se résigne à expédier *Milly* par la poste, il s'en excuse :

Le 1er février, Florence.

Je suis bien fâché de vous coûter trois ou quatre francs de port, mais j'ai pensé que vous payeriez volontiers cinq francs un volume où il n'y aurait que quatre cents bons vers; si ceux-ci sont passables, ils valent le port; sinon, rendez-les moi en même monnoie.

Aussitôt lus et copiés, envoyez l'original ou la copie à ma mère à qui je les annonce; lisez-les à Virieu et n'en donnez à personne, ceux-ci doivent rester pour nous seuls.

Faites-moi l'amitié aussi de m'y faire rigoureusement de votre propre main les corrections qui vous sembleront nécessaires pour votre goût propre et non pour le goût du prochain, et communiquez-moi ces critiques; j'en ferai usage dans ce cas-ci et successivement pour toutes les *Harmonies*. J'en ai au moins deux volumes en portefeuille.

Adieu, mon cher, à revoir. Votre frère et ami,

LAMARTINE.

Je donne ici, en indiquant par des *italiques* les suppressions et les modifications auxquelles s'est livré l'auteur, la presque totalité du poème. (1).

MILLY

HARMONIE DIX-NEUVIÈME

A M. de Montherot.

Pourquoi le prononcer, ce nom de la patrie?
Dans son brillant exil mon cœur en a frémi!
Il résonne de loin dans mon âme attendrie
Comme *le bruit des pas* ou la voix d'un ami.

(1) Il faut y joindre ce trait délicat du « Commentaire de la seconde *Harmonie* » :

« ...Quand j'écrivis cette *Harmonie*, j'étais en Italie. Je l'envoyai à ma mère : elle vit que j'avais parlé d'un lierre qui tapissait, au nord, le mur humide et froid de la maison. C'était une erreur, le lierre n'existait pas. Il n'y avait que de la mousse, des vignes vierges, des pariétaires. Ma mère, qui était la sincérité poussée jusqu'au scrupule, souffrit de ce petit mensonge poétique. Elle ne voulut pas que son fils eût menti, même pour donner une couleur de plus à un tableau imaginaire; elle planta de ses propres mains un lierre à l'endroit où il manquait. Sans doute que Dieu bénit ce petit plant et que les pluies d'hiver l'arrosèrent, car en peu d'années il habilla complètement le mur. Ma mère mourut; le lierre grandit toujours; et maintenant il est devenu si vigoureux, si ramifié, si touffu, si usurpateur de toute la maison, qu'il fait une corniche verte et flottante au toit et qu'il gêne les persiennes du côté du nord... »

La « dix-neuxième *Harmonie* » de 1827 fut ultérieurement classée « deuxième » dans le volume des *Harmonies*. Lamartine date son commentaire de 1849.

Montagnes *où flottait* le brouillard de l'automne,
Vallons que tapissait le givre du matin,
Saules dont *le tonseur* effeuillait la couronne,
Vieille tour que le soir dorait dans le lointain ;

Sommets, où le soleil brillait avant l'aurore,
Prés, où l'ombre du ciel glissait avant la nuit,
Airs champêtres qu'au loin roulait l'écho sonore,
Ruisseau dont le moulin multipliait le bruit;

Murs noircis par les ans, *coteau,* sentier rapide,
Fontaine où les pasteurs accroupis tour à tour
Attendaient goutte à goutte une eau rare et limpide
Et, leur urne à la main, s'entretenaient du jour !

Chaumière où du foyer étincelait la flamme,
Humbles toits, que l'enfant aimait à voir fumer,
Objets inanimés, avez-vous donc une âme
Qui s'attache à notre âme et la force d'aimer ?

J'ai vu des cieux d'azur, où la nuit est sans voiles,
Dorés jusqu'au matin, sous les *pas* des étoiles,
Arrondir sur mon front, *dans un* arc infini,
Leur *voûte* de cristal qu'aucun vent n'a terni ;
J'ai vu des monts voilés de citrons et d'olives
Réfléchir dans les flots leurs ombres fugitives
Et, sous leurs festons verds, au branle du zéphir,
Bercer sur l'épi mûr le cep prêt à mûrir !
Sur des bords où les mers ont à peine un murmure,
J'ai vu des flots brillants *l'ondulante* ceinture

Presser et relâcher dans l'azur de ses plis
De leurs *bords* dentelés les contours assouplis,
S'étendre dans le golfe en nappes de lumière,
Blanchir *le cap* fumant de gerbes de poussière,
Porter dans le lointain d'un occident vermeil
Des îles, qui semblaient le lit d'or du soleil,
Ou, s'ouvrant devant moi, sans rideau, sans limite,
Me montrer l'infini, que le mystère habite !...
J'ai vu ces fiers sommets, pyramides des airs,
Où l'été repliait le manteau des hyvers
Jusqu'au sein des vallons descendant par étages
Entrecouper leurs flancs de hameaux et d'ombrages,
D'inaccessibles rocs quelquefois s'hérisser,
En pentes de gâsons *s'arrondir et glisser,*
Lancer en arcs fumants, avec un bruit de foudre,
Leurs torrents en écume et leurs fleuves en poudre,
Sur leurs flancs éclairés, obscurcis tour à tour,
Former des vagues d'ombre et des îles de jour,
Creuser de frais vallons que la pensée adore,
Remonter, redescendre et remonter encore,
Et des derniers degrés de leurs vastes remparts,
A travers les sapins et les chênes épars,
Dans le miroir des lacs qui dorment sous leurs ombres,
Jeter leurs reflets verds ou leurs images sombres
Et, sur le tiède azur de ces limpides eaux,
Faire onduler leur neige et flotter leurs coteaux !

J'ai fréquenté des rois les superbes aziles,
Lieux où la volupté se repose des villes,
Où, pour tromper le cœur et charmer les regards,
Le faste fait lutter la nature et les arts;
Où la pierre, affectant les grâces du bocage,
Jette sur les frontons des rameaux de feuillage

Et, pour éterniser un sens de volupté,
Prend et garde à jamais les traits de la beauté;
Où l'onde que répand la nymphe demi nue
Invite au doux sommeil que sa chute insinue,
Où le rocher de marbre, arraché de ses monts,
Prend pour flatter les pas le poli des gasons,
Où sur le frais gason d'une feinte prairie
L'arbre même exilé se trompe de patrie
Et, dans le tiède abri de dômes toujours verds,
Des couleurs du printems pare encor les hyvers.
J'ai visité *ce ciel* et ce divin azile
Qu'a choisi pour dormir l'ombre du doux Virgile
Et ces champs qu'à ses yeux la gloire déroula,
Et Cume, et l'Élysée ; et mon cœur n'est pas là !...

Mais il est sur la terre une montagne aride
Qui n'a sur ses flancs verds ni bois, ni flot limpide,
Dont par *le vol* des ans l'humble sommet miné
Est sous son propre poids jour par jour incliné,
Dépouillé de son sol fuyant dans les ravines,
Garde à peine un buis sec qui montre ses racines
Et se couvre partout de rocs prêts à crouler
Que sous *ses pas légers la chèvre* fait rouler.
Ces débris, par leur chute, ont formé d'âge en âge
Un coteau qui décroît et, d'étage en étage,
Porte, à l'abri des murs dont ils sont étayés,
Quelques avares champs de nos sueurs payés,
Quelques ceps dont les bras, cherchant en vain l'érable,
Serpentent sur la terre ou rampent sur le sable,
Quelques buissons de ronce, où l'enfant des hameaux
Cueille un fruit oublié, qu'il dispute aux oiseaux,
Où la maigre brebis des chaumières voisines
Broute en laissant sa laine en tribut aux épines :

Lieux que ni le doux bruit des eaux pendant l'été,
Ni le frémissement du feuillage agité,
Ni l'hymne aérien du rossignol qui veille
Ne rappellent au cœur, n'enchantent pour l'oreille,
Mais que, sous les rayons d'un ciel toujours d'airain,
La cigale assourdit de son cri souterrain.

Il est dans *ce désert* un toit rustique et sombre
Que la montagne seule abrite de son ombre
Et dont les murs battus par la pluye et les vents
Portent leur âge écrit sous la mousse des ans ;
Sur le seuil désuni de trois marches de pierre
Le hasard a planté les racines d'un lierre
Qui, redoublant cent fois des nœuds entrelacés,
Cache l'affront du tems sous ses bras élancés,
Et, recourbant en arc sa volute rustique,
Fait le seul ornement du champêtre portique.

. . . .

Dans le champêtre enclos *toujours altéré d'onde*,
Un puits dans le rocher cache son eau profonde
Où *le pasteur, le soir*, après de longs efforts,
Dépose en gémissant son urne sur les bords ;
Une aire, où le fléau, sur l'argile étendue,
Bat à coups cadencés la gerbe répandue ;
Où la blanche colombe et l'humble passereau
Se disputent l'épi qu'oublia le râteau ;
Et sur la terre épars des instruments rustiques,
Des jougs rompus, des chars *couchés* sous les portiques,
Des essieus dont l'ornière a brisé les rayons
Et des socs émoussés qu'ont usés les sillons !
Rien n'y console l'œil de sa prison stérile,
Ni les dômes *fumants* d'une superbe ville,

La vie a dispersé, comme l'épi sur l'aire,
Loin du *lieu* paternel les enfants et la mère,
Et ce foyer *sacré* ressemble aux nids déserts
D'où l'hirondelle a fui pendant de longs hyvers ;
Déjà l'herbe qui croît sur les dalles antiques
Efface autour des murs les sentiers domestiques,
Et le lierre, flottant comme un manteau de deuil,
Couvre à demi la porte et rampe sur le seuil ;
Bientôt peut-être, — écarte, ô mon Dieu, ce présage !
Bientôt, un étranger, inconnu du village,
Viendra, l'or à la main, s'emparer de ces lieux
Qu'habite *au moins* pour nous l'ombre de nos ayeux,
Et d'où nos souvenirs, des berceaux et des tombes,
S'enfuiront à sa voix comme un nid de colombes
Dont la hache a fauché l'arbre dans les forêts
Et qui ne savent plus où se poser après !

Ne permets pas, Seigneur, ce deuil et cet outrage .
Ne souffre pas, mon Dieu, que *cet* humble héritage
Passe de mains en mains *avec ses noms chéris*
Comme le toit du vice ou le champ des proscrits !
Qu'un avide étranger vienne d'un pied superbe
Fouler *le doux* sillon de nos berceaux sur l'herbe,
Dépouiller l'orphelin, grossir, compter son or,
Aux lieux où l'indigence avait seule un trésor,
Ou blasphémer ton nom sous ces mêmes portiques
Où ma mère, à nos voix, enseignait tes cantiques !
Ah ! que plutôt cent fois, aux vents abandonné
Le toit pende en lambeaux sur le mur incliné,
Que les fleurs du tombeau, les mauves, les épines
Sur les parvis brisés germent dans les ruines,
Que le lézard dormant s'y réchauffe au soleil,
Que Philomèle y chante aux heures du sommeil !

Que l'humble passereau, les colombes fidèles
Y réchauffent en paix leurs petits sous leurs ailes,
Et que l'oiseau du ciel vienne bâtir son nid
Aux lieux où *notre mère* eut autrefois son lit !

Ah ! si le nombre écrit sous l'œil des destinées
Jusqu'aux cheveux blanchis prolonge mes années,
Puissé-je, heureux vieillard, y voir baisser mes jours
Parmi ces monuments de mes simples amours !
Et quand ces champs *aimés* et ces chères décombres
Ne seront plus pour moi peuplés que par des ombres,
Y retrouver au moins, dans les noms, dans les lieux,
Tant d'êtres adorés disparus *à* mes yeux !
Et vous, qui survivrez à ma cendre glacée,
Si vous voulez charmer ma dernière pensée,
Un jour, élevez-moi... Non ! Ne m'élevez rien !
Mais près des lieux où dort l'humble espoir du chrétien,
Creusez-moi dans ces champs la couche que j'envie
Et ce dernier sillon où germe une autre vie !
Étendez sur ma terre un lit d'herbe des champs
Que l'agneau *des hameaux* broute encor au printems,
Où l'oiseau dont mes sœurs ont peuplé ces aziles
Vienne aimer et chanter *pendant* mes nuits tranquilles :
Là, pour marquer la place où vous m'allez coucher,
Roulez de la montagne un fragment de rocher ;
Que nul ciseau, surtout, ne le taille et n'efface
La mousse des vieux jours qui brunit sa surface
Et, d'hyver en hyver incrustée à ses flancs,
Donne en lettre vivante une date à ses ans !
Point de siècle ou de nom sur cette agreste page !
Devant l'éternité, tout siècle est du même âge,
Et celui dont la voix réveille le trépas
Sans y lire un vain nom ne nous oublira pas !

Là, sous des cieux connus, sous les collines sombres
Qui couvrirent jadis mon berceau de leurs ombres,
Plus près du sol natal, de l'air et du soleil,
D'un someil plus léger j'attendrai le réveil.
Là ma cendre mêlée à la terre qui m'aime
Retrouvera la vie avant mon esprit même,
Verdira dans les prés, fleurira dans les fleurs,
Boira des nuits d'été les parfums et les pleurs,
Et quand du jour sans soir la première étincelle
Viendra m'y réveiller pour l'aurore éternelle,
En ouvrant mes regards je reverrai des lieux
Adorés de mon *âme* et connus de mes yeux,
Les pierres du hameau, *le vallon,* la montagne,
Le lit sec du torrent et l'aride campagne ;
Et, rassemblant de l'œil tous les êtres chéris,
Dont *la cendre avec moi* dormait sous ces débris,
Avec *mes* sœurs, *mon* père et l'âme d'une mère,
Ne laissant *rien de cher* en dépôt à la terre,
Comme le passager qui des vagues descend
Jette encore au navire un œil reconnaissant,
Nos voix diront ensemble à ces lieux pleins de charmes
L'adieu, le seul adieu qui n'aura point de larmes !

Florence, 25 janvier 1827.

M. de Montherot a reçu *Milly* et les recommandations qui l'accompagnaient. Il admire l'un et tient compte des autres. Il en tient compte avec une conscience et une application extrêmes. L'autographe même de Lamartine, contenu dans le recueil, en peut témoigner ; son écriture est, en maints endroits, surchargée par celle du censeur et de multiples renvois proposent les modifications qui semblent les plus judicieuses au futur lauréat de l'Académie de Mâcon.

> Occupons-nous de vous, dix-neuvième Harmonie !
> Trois grands jours à Nogent, invoquant mon génie,
> J'ai voulu corriger, changer, mais vainement.
> Classique professeur, critiquons gravement...

s'est-il empressé de répondre. Et il continue sa lettre rimée par une série d'observations soigneusement numérotées.

1. *Tonseur,* expression tout au plus bourguignonne.
   Dites : « Dont les ciseaux effeuillaient la couronne »,
   Ou bien : « Dont le printems relevait la couronne. »

2. *S'entretenaient du jour* est trop ambitieux ;
   Rayez toute la France ou bien faites-la mieux.

3. *J'ai vu des cieux...* jusqu'à : *que le mystère habite,*
   Dix-huit vers excellens, selon moi, selon vous ;
   Mon oncle dijonnais pense autrement que nous ;
   Voici l'opinion du susdit Sybarite :
   « Oh ! qu'est-ce que cela ! Je n'entendis jamais
   (Quelques bons gros jurons) de vers aussi mauvais ! »

4. Poursuivons. Très bien... Mais je ne puis vous passer
   Ces sommets que l'on voit s'arrondir et glisser
   Et creuser des vallons que la pensée adore,
   Remonter, redescendre et remonter encore.
   On peut en transposant retrancher quatre vers
   . . . .

Mais quoi ? Ne pourriez-vous animer vos tableaux
Et nous peindre des monts le génie invisible
Élevant jusqu'aux cieux son trône inaccessible,
Mêlant sa voix tonnante au fracas des torrens,
Précipitant la neige et déchaînant les vents ?...
Pour lutter avec vous j'avais pris ma volée :
J'ai rimé la tirade et puis je l'ai brûlée.

5. *Où la pierre...* jusqu'à : *pare encor les hyvers...*
Impitoyablement rayons ces douze vers.
Les rimeurs de la cour du roi du parc aux cerfs
N'auraient pu faire mieux, soit dit sans flatterie.
Fi ! Fi ! Des faux brillans et de l'afféterie.
Les quatre premiers vers sur le palais des rois
Pour la description sont suffisans, je crois.
Les jardins d'Albion, ici, mon camarade,
Ne réclament-ils pas de vous une tirade ?
Albion vous donna cet unique trésor
Plus rare que l'encens, plus précieux que l'or,
Charme, ornement, espoir, colonne de la vie !...
Sur les jardins anglais douze vers, je vous prie.

6. « Et se couvre partout de rochers en éclats
Que le chevreau léger fait rouler sous ses pas. »

7. « Quelques pampres rampans où la grappe appauvrie
Cache ses fruits dorés sous la feuille flétrie »,
Voilà deux pauvres vers, ma parole d'honneur !
Moins mauvais cependant que les deux de l'auteur :
« *Serpentant* ou *rampant* sur la terre ou le sable »,
Jamais ceps mâconnais ne grimpent à l'érable !

8. La cigale jamais n'eut de *cri souterrain*
Et le ciel de Milly n'est pas toujours *d'airain*.

J'en suis affligé, car fameuse était la rime.
Voici ma variante : elle n'est pas sublime :
« Lieux que le voyageur fuirait avec mépris
Mais toujours dans mon âme empreinte en traits chéris. »
... Vous êtes un butord, monsieur le professeur !
Ce second vers nuirait à : *C'est là qu'est mon cœur!*
(A la bonne heure.)
Il ne faut pourtant pas que *souterrain* demeure.
« J'ai vu le voyageur à l'aspect de ces lieux
S'enfuir d'un pas rapide en détournant les yeux. »

9. *Et sur la terre épars... qu'cnt usés les sillons.*
Rayons ces quatre vers ; les détails sont trop longs.

10. *Montrent leurs toits d'ardoise...* On vous cherchera noise.
D'abord ce n'est pas vrai. De plus, des toits d'ardoise
Ne conviennent pas trop à d'indigens abris.
Dites : *chaume*, en faveur des lecteurs de Paris.

11. Le pasteur de Memphis n'arrête point ses yeux.

12. *Derrière elles jouait avec leurs longs cheveux.*

13. « ...Comme un nid de colombes
Quand la foudre ou le fer a frapé le palmier
Qui leur prêta longtems son dôme hospitalier. »
Ce serait bien, n'était la rime un peu légère
Selon l'us d'Arouet, La Fontaine et Molière.

M. de Prat. — Comment, une hache qui fauche, et qui fauche un arbre ?

— Dans les forêts ? Les colombes peuvent se poser sur un autre.

— Moi. « J'admettrais faucher, s'il s'agissait d'une

forêt entière ; mais faucher un seul arbre... Lorsqu'on détourne un mot de son acception ordinaire, il faut que l'application soit juste. »

(*Page ajoutée par M. de Montherot.*)

VARIANTE

Voilà le banc rustique où s'asseyait mon père...
Enfant, je contemplais son front noble et sévère
Et, distrait de mes jeux, je sentais par degré
D'un éclair de raison mon esprit effleuré...
Le rapide avenir m'emportant sur ses ailes
Faisait revivre en moi les vertus paternelles ;
Je croyais, douce erreur, parmi tous les humains,
Tous les cœurs innocens et tous les jours sereins,
Et que chacun trouvait, comme dans notre asyle,
Et les devoirs sacrés et la vertu facile ;
Trésors dont l'avenir m'a révélé le prix !
J'ai vu le monde, hélas, je vous ai mieux compris !
J'ai cherché vainement un sage véritable,
Austère en ses devoirs, constant, inébranlable
A l'appât des plaisirs, aux traits de la douleur ;
Calme dans la fortune et fort dans le malheur,
Dont nul instant d'erreur en une longue vie
N'accuse une action du repentir suivie ;
J'ai cherché vainement... et j'ai loué celui
Qui me donna le ciel pour guide et pour appui.
Voilà la place vuide où ma mère, etc.

La comparaison des textes de l'album avec l'édition définitive des *Harmonies* permet de constater qu'à

LA FAMILLE DE LAMARTINE DANS LEUR MAISON DE CAMPAGNE DE MILLY

diverses reprises l'auteur s'est rangé aux critiques de son beau-frère (1). Il a tenu bon, pourtant, contre la tirade sur les jardins anglais et l'addition d'une vingtaine de lignes par lesquelles celui-ci souhaitait que fût étendu son hommage filial. « Ma variante, note Montherot au bas de la page ajoutée par lui à *Milly*, ne fut pas admise par l'auteur. Ces vers, surtout les derniers, n'étaient pas dignes de lui. Cependant, il m'en fit compliment. Aux quatre vers trop froids sur son père, il en ajouta quatre beaux rappelant le 10 août, où son père avait risqué bravement sa vie. »

« Cependant, il m'en fit compliment... » C'est exact. Quand Lamartine reçoit de Montherot un petit cours de prosodie, il le remercie avec un élan tel qu'on pense d'abord à de l'ironie. Il n'en est rien ; le poète, quelle que soit du reste la mesure dans laquelle il observera les critiques, leur fait place et, loin de trouver hardi

(1) Un grand ami des beaux autographes, M. Louis Barthou, rapporte dans un recueil de mélanges littéraires intitulé : *Impressions et essais* (Fasquelle, 1914), comment il eut la joie de se rendre acquéreur d'un carnet contenant les brouillons de trois *Harmonies*, dont l'une est *Milly*, datée de Florence, 29 janvier 1827, et numérotée 19e. M. Barthou collationne directement ce brouillon de *Milly* avec le texte des éditions. Nous avons donc à interposer entre ce premier jet et la version définitive un « état » intermédiaire qui est la copie envoyée à Montherot, surchargée des suggestions de ce dernier.

le critiqueur, se loue de ses bons offices et le félicite de son éloquence :

ÉPÎTRE IV.

Florence, 28 février 1827.

Ma foi, j'ai trouvé mon sosie !
Et quand je lis ces vers aux miens entrelacés,
Je reconnais ma poésie,
Je pense les avoir tracés.
A mes vers incomplets ajoutez-les sans crainte ;
Je les signerais volontiers.
Je vous croyais très fort en romance, en complainte,
Mais vous avez grandi, sur ma foi, des deux tiers !
A Florence, à Paris, à Pékin comme à Rome,
A sa toise, mon cher, on mesure chacun ;
Et l'on dit gravement, en parlant de quelqu'un :
« Il est à mon niveau, donc il est un grand homme. »
Quand vous aurez fini de battre une peau d'âne
Pour habiller les vers de quelque pauvre oison (1),
Sans crainte que je vous condamne,
Critiquez-moi, mon cher, sur rime et sur raison
Et je ferai raison sur raison et sur rime
Si vous avez raison dans cette neuve escrime.
J'approuve la délicatesse
Qui vous a fait écrire en prose à ma moitié,
Mais avant de lire l'adresse,
J'avais lu la lettre à moitié ;
Et je disais tout bas en parlant à moi-même :
Je ne reconnais pas notre langue des dieux !

(1) On se souvient que M. de Montherot s'occupait de reliures.

Et dans son autre épître on distinguait bien mieux
La rime, la césure et l'hémistiche même ;
L'un au bout de la page et l'autre au beau milieu
Assez exactement y venaient en leur lieu !

Mais enfin j'ai connu que c'étoit de la prose !
Quoi, de la prose, à moi ? Et se peut-il qu'il l'ose ?
En coûtait-il donc tant d'aligner deux à deux ?
Ses pieds lui manquent-ils quand il a besoin d'eux ?
Un courroux naturel enflait déjà mon âme !
Mais j'ai tourné la feuille et j'ai trouvé : madame !
Et j'ai dit en moi-même : Ah ! Réparation !
Il n'a pas mérité mon indignation.
La prose ? Pour tout autre, il peut se la permettre,
Mais moi je n'en lis pas, et j'ai plié la lettre ;
Adieu, mon cher confrère ; il fait un tems de chien.
Pourtant le thermomètre est au-dessus de rien
Et nous avons déjà cueilli des violettes ;
Il n'en est pas ainsi dans les lieux où vous êtes.
Ma femme veut qu'ici je vous dise à son tour
Ce qu'on appelle en France une phrase, un bonjour ;
Elle vous répondra par la prochaine poste ;
Pourtant, elle n'est pas bien leste à la riposte
Et, quoiqu'en bon français elle écrive, entre nous,
Tout aussi bien que moi, tout aussi bien que vous,
Elle tremble toujours, quand elle se paraphe,
D'avoir fait une, deux, trois fautes d'ortographe.
Sa santé n'est pas mal ; madame Birch est bien,
Et dans cinq ou six jours son mal ne sera rien.
Votre petite nièce est toujours plus gentille ;
Elle fait en ces lieux l'honneur de la famille
Et chacun la voyant dit : « Ah ! quel bel enfant,
Voyez donc, qu'il est gros, qu'il est gras, qu'il est blanc ! »

Mais, adieu tout de bon ! Car monsieur d'Hauterive
Et monsieur de Damas attendent ma missive.
Que diraient-ils, hélas ! s'ils savaient... Mais voici
Mon papier qui finit et ma faconde aussi.

Après l'échange d'épîtres autour de *Milly*, il s'établit un silence entre les deux poètes. Ce n'est point que Montherot se soit rendu à la joyeuse invite de son beau-frère (voir plus haut la lettre du 23 mars). Quelques pages, sans grand intérêt, datées d'avril et signées de lui, témoignent que les amis ne se sont pas rejoints « sur les vertes collines », philosophant et se recueillant pour écouter tinter l'*Ave Maria* dans les tours de Florence.

Dans l'une de ces épîtres, Montherot se plaint de la fièvre ; peut-être est-ce elle qui l'a retenu en France. Il se lamente en ces termes :

...Trois fois, vingt fois, cent fois heureux
Ceux-là que la nature a créés bien fiévreux !
De supporter ce mal ils ont pris l'habitude.
Pour un novice, hélas ! cette épreuve est bien rude.
De la fièvre souvent, le favorable accès
Au poète inspiré prépara des succès :
Voltaire, sans la fièvre, eût-il écrit *Zaïre ?*
Alphonse eût-il chanté Byron, Socrate, Elvire ?

Ainsi, la fièvre est bonne. Oui, mais que son ardeur,
Dévorant le poète, épargne le rimeur.
Qu'elle enflamme le pouls de Voltaire et d'Alphonse,
Pour moi, je n'en veux plus ! franchement, j'y renonce,
Et, s'il me faut choisir, je prendrai pour mon lot
Les vers et la santé du robuste Ancelot :
Soixante ans de santé valent mille ans de gloire !

Nous ne retrouvons Lamartine, dans l'album, que le 17 juillet. Mais la correspondance, durant ce temps, nous renseigne sur son compte. Il paraît avoir épuisé les joies de l'indépendance ; il n'a même plus le stimulant de la difficulté à vaincre ; il a brillamment réussi, si brillamment que, fatigué de tout un hiver de réceptions et de fêtes, perpétuellement sous le coup du retour de M. de la Maisonfort, dont on ne soupçonne pas alors que la fin soit aussi proche, « il s'ennuie profondément ». Et, lorsqu'il s'ennuie, il n'écrit plus.

Un instant, il se réveille : c'est qu'il se réveille héritier. Un oncle vient de mourir en lui laissant de grands biens. Or, Lamartine, en matière de biens, appartient à cette catégorie spéciale de personnes chez qui l'extrême prodigalité provoque, et pour des raisons exactement inverses, l'obsession d'acquérir, la hantise de spéculer, qui semblent le propre des cupides. Il n'est guère de lettres de lui où la question pécuniaire n'intervienne, car il convoite la fortune pour la lancer aux quatre vents du ciel !

Un des points de contact de son caractère avec celui de Montherot est assurément la générosité, mais, comme ce dernier est plus modéré en tout, il s'abstient des folies. Voici ce qu'à ce propos, outre les allusions constantes des épîtres, nous trouvons dans l'album :

Lamartine me parlait de finances, d'arrangements pécuniaires. Il n'est pas fort sur ces matières, non plus que moi.

Que béni soit le ciel, lorsque nous sommes nés,
Qu'il ne nous ait tous deux au trafic destinés !
Nos cerveaux trop étroits, rebelles à Barême,
Auraient-ils pu jamais concevoir le système
Des changes, des reports, de l'Amsterdam-Banco ?
Dans nos additions, combien de quiproquos ?
Voilà la caisse à sec et nous sommes en fuite !
A la Bourse, un placard annonce la faillite...
« C'est bizarre, auraient dit les marchands étonnés,
Ces banqueroutiers-là sont pourtant ruinés ! »

Sans être encore entièrement fixé sur ce que lui laisse son oncle, Lamartine secoue un peu sa langueur et il écrit :

ÉPÎTRE V.

Livourne, 17 juillet 1827.

Ma foi, mon cher ami, je ne sais que vous dire.
Je pourrais bien parler, mais je ne puis écrire.

La plume entre mes doigts glisse comme un roseau,
Mon encre est de la gomme ou bien de la claire eau.
Au diable l'inventeur des papiers et des lettres ;
Je maudis chaque jour et le rythme et les mètres !
J'aimerais mieux dormir du matin jusqu'au soir ;
Mes yeux sont fatigués de crayonner du noir ;
Mon sot métier m'assomme et je vous porte envie,
O vous, vous, Montherot, qui passez votre vie
A battre du papier ou de la peau de veau,
A parcourir la France et par monts et par vaux,
Sans que jamais la voix d'un commis de la poste
Vous rappelle qu'il est l'heure d'être à son poste !

Plaisanterie à part, je suis fort ennuyé
Et si je n'avais peur d'être plus ennuyé,
J'irais assurément m'ennuyer au plus vite
Dans quelque bon château que le repos habite.
Mais il faut jusqu'au bout boire le vin versé.
Ah ! quand verrai-je enfin l'encrier renversé
Ou, couvert de deux doigts d'une blanchâtre écume,
Attester que d'un an je n'y trempai de plume ?
Cet heureux temps approche : on dit et je le crois
Que mon ambassadeur revient après deux mois.
Il apporte, dit-on, mon congé dans sa veste.
Dès que je le tiendrai, du diable si je reste !
J'irai, dans ma calèche étendu mollement,
Vers Mâcon et Dijon me distraire un moment,
Puis, jusque vers Paris poussant encor ma course,
Y bien remplir ma tâche en épuisant ma bourse.
Puis, je m'en reviendrai bien vite, avant le froid,
Vers les bords de l'Arno m'abriter sous mon toit
J'y passerai l'hiver ; mais, dès que Philomèle
Reprendra dans vos bois sa romance éternelle,

J'irai, accompagné de toute ma maison,
M'étendre à Montculot dessus un vert gazon.
Alors, venez alors, ô vous, ami des Muses,
Ranimer l'astre éteint que ce lieu me refuse
Et me lire en riant vos chants gais et plaisants ;
Je ne sais plus chanter, mais j'aime encor les chants !
De qui ? Je n'en sais rien. Mais des anges, peut-être.
L'industrie a tué nos poètes à naître.
On admire en ces lieux le grand monsieur Dupin (1) ;
Le siècle n'a qu'un cri : des chiffres et du pain !
Avez-vous, par hasard, lu dans quelques gazettes
De ce monsieur Dupin les risibles sornettes ?
Il vient de découvrir un secret, le plus neuf
Qui soit jamais sorti d'une tête ou d'un œuf.
Ce secret merveilleux le console et le charme.
Le libéral le lit et relit avec larme ;
L'homme qui croit en Dieu, celui qui croit au roi,
Comme moi, comme vous, en pâlissent d'effroi !

Or, savez-vous, mon cher, le fin mot de la chose ?
C'est que le tems qui court jamais ne se repose ;
Et qu'on a constaté que, depuis quarante ans,
Les grands-pères mouraient plus tôt que leurs enfans !
A ce calcul prouvé, que pouvons-nous répondre,
Et quel chiffre tout prêt est là pour nous confondre ?
Taisons-nous, vieux enfants d'un âge ténébreux :
Quand nous serons bien morts, nos fils seront heureux !
La vérité, messieurs, que chaque siècle adore,
Malgré ses six mille ans, hélas, est vierge encore !
Sous ses lambeaux d'erreur elle a beau se voiler,
Dupin la trouve nue et va la violer !

(1) Baron Dupin, économiste et mathématicien.

Que diable en naîtra-t-il? Ma foi, quoique on en dise,
Bêtise et suffisance ont engendré sottise!

Mais qu'est donc devenu ce grand monsieur Deloy
Qui dans ses feuilletons s'occupait tant de moi?
Il allait à la gloire en remontant le Rhône.
Se serait-il noyé dans les eaux de la Saône?
Je n'entens plus parler de ces jours immortels
Que ses vers embrions promettaient tels et tels,
Son journal est défunt; sa Muse est-elle feue?
Il tirait joliment la rime par la queue!

Mais oh! Mais ah! mais quoi? J'ai retourné trois fois
La feuille du papier qui brunit sous mes doigts!
Je n'ai pourtant rien dit! Ah! maudite parole!
Souvent, en te cherchant, le sens perdu s'envole!
Vous parliez de Monceaux; oui, ceci change fort
Les projets incertains que nous avions d'abord,
Cependant je ne sais — jusqu'à ce que je sache —
Ce qu'avec très grand soin une tante me cache,
Si je pourrai jamais le vendre ou le garder.
S'il me coûtait trop cher, je le pourrais céder,
Mais si, libre de legs, de frais et de partage
Je recevais un jour ce bon vieux héritage,
Je vous le dis, mon cher, avec sincérité,
Pour passer mes vieux jours dans ce site enchanté,
Je le conserverais peut-être à ma famille
Et donnerais alors Montculot à ma fille.
A propos, j'irai donc, en octobre au plus tard,
Comme en juillet passé, prendre un bain à Montbard;
Et je vous porterai douze ou treize cents livres.
Avec tous les deniers que comportent mes livres,

Je suis fort en argent. Je m'en vais arranger
Montculot et Saint-Point pour y très peu loger,
Mais je crois, comme vous, qu'un bon propriétaire,
S'il veut en être aimé, doit engraisser sa terre.
J'y bâtis une église et fonde un hôpital
Pour qu'on y vive bien et n'y meure pas mal !
Je le sens, chaque jour, hélas ! dans ce bas monde,
La gloire et le plaisir sont du vent et de l'onde ;
Il n'est rien de certain que le bien fait pour Dieu.
Prions donc et donnons. Sur ce, mon cher, adieu !

P.-S. — Dites-moi précisément où vous serez du 1er septembre au 1er novembre. Entre ces deux derniers extrêmes, je dois passer un mois en France et ne voudrais pas vous perdre : venez huit jours à Paris avec moi et à Montculot.

L...

Cette lettre restant isolée, c'est encore à la correspondance qu'il nous faut recourir pour savoir ce qui se passe chez le poète. Il en est toujours à attendre M. de la Maisonfort (qui, dans cette affaire, ressemble un peu, le pauvre homme, à M. de Marlborough). Il est impatient et las. Il voudrait bien rester, s'il était sûr que ce fût à son gré ; sinon, il voudrait bien s'en aller et, en ce cas, le plus vite possible, car les lieux où l'on n'est point se parent de délices illimitées et il ne songe qu'aux sites qui virent errer sa jeunesse excédée d'eux.

Enfin, en octobre, on apprend la mort du ministre ;

Lamartine doit songer tout de bon à ce que vaudra bientôt pour lui la diplomatie. Ses parents souhaiteraient qu'il restât dans la carrière ; lui, qui rêve d'une action plus personnelle et plus vaste, considère comme inacceptable tout ce qu'on lui offre et fait à sa mère la déclaration inattendue que « ni sa belle-mère, ni lui, ne sont plus d'âge à courir l'Europe de résidence en résidence ». Ceci, pour expliquer son refus du poste de Bruxelles. Il refuse également Berne. D'autre part, il n'obtient rien de ce qu'il accepterait : le poste de Lucques ou de Naples, ou encore celui de Constantinople qu'il a fait demander par son ami Sercey. Londres, qu'il prendrait à défaut de ces régions ensoleillées, lui échappera aussi. Avec les arrière-pensées politiques qu'on lui devine, il abandonnera la carrière plutôt que d'y végéter. En attendant, il reste en Toscane comme l'oiseau sur la branche, mais voudrait bien ne la quitter, cette branche, qu'une autre ne fui fût assurée, et il se garde de rien brusquer.

Entre temps, il achète une demeure dans la ville même, regardant Fiesole, et de crainte d'inquiéter les siens, ne leur parle que d'une maisonnette, acquise parce qu'il faut être raisonnable et se délivrer des soucis du loyer.

Il a cru réaliser une bonne affaire, alors qu'il s'est

fait dépouiller comme au coin d'un bois par l'architecte Sylvestris... Mais pouvait-il refuser sa confiance à un homme qui porte un si joli nom? Lamartine ne s'en tire qu'en empruntant beaucoup d'argent, entre autres à Virieu, auquel, en manière de remerciement, il donne le conseil de ne jamais confier de travaux à ce terrible homme! Et il conclut : « Ma propriété est charmante et fait l'admiration publique. Les meubles, la chose, rien n'est cher de ce que j'ai fait moi-même. Mais Sylvestris! ô Sylvestris! c'est fabuleux! »

Toujours point d'épîtres. En décembre, il fait dire à son beau-frère qu'il a « trop d'affaires ennuyeuses pour griffonner des vers, même épistolaires ».

Cependant, ses résolutions se précisent : « Représenter son pays à la Chambre, influer sur sa destinée, à la bonne heure, écrit-il à sa mère dans sa lettre de bonne année; cela, je ne le refuserai jamais; mais faire le serviteur pendant quinze ans pour obtenir de le faire le reste de sa vie en habit un peu plus brodé me semble vraie folie, quand surtout, comme moi, on a mieux à faire. » Et à Virieu, déjà : « Tu dis que je ne crois pas assez aux institutions et trop aux hommes. Et qui est-ce qui fait, conserve et ravive les institutions, si ce n'est les hommes? Et où y avait-il des institutions quand Buonaparte a conduit la France? Appelles-tu l'ancien régime un temps institué? C'est le temps le plus corrompu, le plus plat, le plus nul que jamais un empire ait vu... Je le prends en aversion. »

Au début de l'année 1828, Lamartine apprend la nomination, en remplacement du marquis de la Maisonfort, de M. de Vitrolles; cela au moins lui apporte une certitude : il ne pourra rester sous les ordres de ce diplomate. Mais l'arrivée du nouveau ministre, annoncée pour le printemps, est reculée de mois en mois jusqu'à l'automne; son retour est d'autant différé, sans qu'il sache à quoi s'en tenir avant les toutes dernières semaines.

Il se débat dans les embarras d'argent que lui a valu l'achat du *casino* et, au moment où il presse Virieu de lui envoyer l'avance demandée, il reçoit une lettre où Montherot lui annonce qu'il vient de l'associer de compte à demi dans un acte de charité. Il s'agissait de payer les dettes de l'abbé Dumont, ami de la famille, menacé de saisie. Du coup, Lamartine sort de son silence et, négligeant ses propres difficultés, rime une longue épître pour remercier son beau-frère de cette initiative.

L'abbé Dumont est, comme on sait, un personnage bien original, dont la romanesque allure exerça, sur l'enfance du poète, une influence indiscutable. Chaque matin le petit Alphonse, portant son déjeuner dans un sac sur son dos et, à la main, un fagot pour le feu de la cure, suivait avec d'autres enfants le chemin qui mène du hameau de Milly au village de Bussières, afin de recevoir du jeune prêtre les premières notions de latin. Plus tard, revenu à Milly après quelques années de pension, il s'est lié d'amitié avec son éducateur. Quelle émotion pour l'élève admis à pénétrer dans l'intimité de cette âme altière, de ce cœur malheureux, de cet esprit tourmenté et si peu orthodoxe !... Le goût de Lamartine pour Jean-Jacques, Voltaire et les Encyclopédistes, s'est développé à loisir dans l'atmosphère de vertige moral qui favorisa également les doutes, les anxiétés, les nostalgies, les grandes ferveurs retombantes dont est faite son adolescence... Il est advenu de cette amitié ce qu'il advient chaque fois qu'une figure, prestigieuse par la puissance ou l'étrangeté, s'est inclinée sur un être neuf. Le poète devait, toute sa vie, garder à son premier maître, dans son cœur, une place rigoureusement isolée. Afin de continuer à le voir tel que son imagination juvénile le couronna, il n'hésite guère à modifier le personnage, — déjà remarquable dans sa vérité, — pour le peindre au cours des *Confidences* et surtout pour composer la figure de Jocelyn.

D'ailleurs n'y a-t-il pas, dans un « arrangement » de Lamartine, quelque chose de candide et d'ostensible qui désarme ? Chez lui, on le sent bien, c'est encore prodigalité. Loin de nous frustrer, il nous comble ! Est-ce mentir, que mentir comme la lumière qui transfigure ? Peut-on reprocher aux poètes de mettre sur les choses ce que d'autres n'y mettraient point ? Ne les rendent-ils pas à leur destin véritable, à leur sens caché, et s'ils nous convient, ces créateurs d'illusion, à écouter un divin silence, comment nous plaindre quand ce qu'ils y ajoutent, ce sont les rossignols ? Poésie, poésie, état de grâce entre la réalité et la chimère !...

Mais revenons aux huissiers du curé de Bussières. Du pieux souvenir d'un ami au règlement des dettes de cet ami, peut-il y avoir plus d'un pas pour Lamartine ? Lisons l'épître par laquelle il remercie Montherot d'avoir payé en son nom, sans même le consulter.

ÉPÎTRE VI (1).

Florence, 12 février 1828.

Oh ! bravo, Montherot, je vous reconnais là !
Bon esprit et bon cœur ! Oui, mon cher, vous voilà !

(1) Note de M. de Montherot
Cette lettre est relative à un service rendu par Lamartine et par moi à l'abbé Dumont, curé de Bussières.
Mme de Lamartine, la mère, me pria de venir à son secours. Il s'agissait

J'accepte avec plaisir la part que l'on m'impose !
Quinze ou dix-huit cents francs, ma foi, c'est peu de chose
Pour tirer d'embarras ce cher et vieux curé.

. . . .

Je vous rembourserai vers le mois de novembre,
Quoiqu'à dire le vrai, de janvier à décembre,
Mes revenus rognés me fourniront bien peu ;
Mais c'est une œuvre pie et je compte sur Dieu.
C'est lui qui m'a tiré des griffes hébraïques,
C'est par lui que j'ai vu mes vers mélancoliques
Se changer, sous les doigts des libraires surpris,
En bons et beaux ducats, dont j'avais un sur dix !
C'est lui qui fait pousser mes tilleuls et mes chênes,
C'est lui qui fait jaunir mes épis dans mes plaines,
C'est lui qui fait payer chez le bon monsieur Roy
Ce milliard national dont l'obole est pour moi !
Je m'en rapporte à lui du soin de ma fortune.
Puisque je n'entretiens blonde, rousse ni brune,
Que je ne risque pas ou sur rouge ou sur noir
L'écu sur qui le pauvre a fondé son espoir,

de 1 500 francs. L'abbé, mauvais financier, était menacé d'une saisie. Je payai les 1 500 francs. J'écrivis à Lamartine : « Nous ferons cette aumône à nous deux; je vous laisse la plus forte part; vous êtes plus que moi l'ami de l'abbé Dumont; vous me rendrez 800 francs. » Il accepta.

Dans les *Confidences*, Lamartine a trop parlé de l'abbé Dumont, qui, je crois, n'était pas aussi libre penseur, c'est-à-dire mauvais prêtre, qu'il le dépeint. Je l'ai beaucoup connu. Je ne le reconnais pas au portrait brillant que Lamartine a tracé de lui; ce n'était pas un esprit supérieur, ni un homme de science et d'étude.

A sa mort, il institua Lamartine son héritier. La succession consista en des dettes à payer. Lamartine les acquitta.

Mai 1849.

FLORENCE.

J'espère qu'en dépit de mon « peu de conduite »
(Beau terme que Lyon reconnaîtra bien vite),
Je verrai jusqu'au bout de mes paisibles jours
Mon Pactole inégal s'accroître dans son cours,
Et qu'en partant d'ici le cœur pur, les mains nettes,
Je laisserai, mon cher, plus de vers que de dettes.

Mais avec quel plaisir, mon cher ami, j'ai vu
L'article du budget que de vous j'ai reçu !
Quinze ou dix-huit cents francs pour aller à Florence !
Eh quoi ? Vous venez donc ? Je suis fou quand j'y pense !

Je vais vous préparer un petit logement
Dans mon propre palais, dans ce *casin* charmant
Que je viens d'acheter par ennui des auberges,
Où je fais arracher les pois et les asperges
Pour semer du gazon que l'on appelle anglais
Et planter du laurier, des ifs et des cyprès !
C'est un endroit charmant que le soleil inonde ;
On s'y croit, si l'on veut, seul comme au bout du monde
Et l'on est, cependant, à quatre pas de là,
Ou au Cocomero ou à la Pergola.
Vous connaissez assez la Toscane, je pense,
Pour connaître ces noms célèbres dans Florence,
Deux théâtres obscurs, où l'on entend brailler
Des voix qui font frémir, ou pour le moins bâiller !
Aussi, je n'y vais plus ; c'est un fort sot usage
Que d'aller s'ennuyer on ne peut davantage
Pour avoir l'agrément de souffler dans ses doigts,
Jusqu'à minuit sonné, dans des coffres étroits,
Tandis qu'au coin du feu l'on peut, avec son livre,
Les pieds sur deux chenêts, se consoler de vivre !

Ah ! qu'il sera plus doux, à l'heure où le soleil
Darde à travers les bois un jour tendre et vermeil
Et, dorant les sommets des beaux pins d'Italie,
Invite l'œil pensil à la mélancolie,
D'aller nonchalamment errer sous les rameaux
Où l'Arno murmurant laisse ombrager ses eaux.
Je veux par ces beaux vers vous peindre les Cascines ;
Mais quels vers sont égaux à ces forêts divines
Où je vais tous les jours me promener au pas,
Au pas de mon cheval que je ne guide pas,
Mais qui, dans ces beaux lieux qu'il connaît et qu'il aime,
S'enfonce avec plaisir et se perd de lui-même !

Là s'élèvent au ciel les dômes découpés
De ces *pinus larix* qui, du soleil frappés,
Semblent, comme un portique ou comme une coupole,
Des beaux rayons du soir réfléchir l'auréole.
L'âme s'épanouit dans ces lieux enchanteurs,
De fouler les gazons, de respirer les fleurs
Et de voir, à travers ces mobiles ombrages,
Étinceler l'azur d'un couchant sans nuages !
Il ne m'y manque rien que le cœur d'un ami !
Mais ce pays, mon cher, n'en produit qu'à demi :
On y voit du soleil, des fleuves, des campagnes,
Des astres, des chanteurs, des Anglais, des montagnes,
D'éclatantes beautés dont le cœur est de feu ;
Mais de bons vrais amis, le sol en produit peu.
En France, j'en conviens, on en voit davantage ;
C'est pourquoi ma patrie a toujours mon hommage !
Je vous compte à jamais au nombre des élus ;
Vous êtes de ces cœurs comme l'on n'en voit plus
Et de ces bons esprits dont la race est éteinte.
Venez donc, venez donc, vers la semaine sainte,

Passer auprès de nous, un, deux, trois, quatre mois !
Vallombreuse, pour nous, épaissira ses bois !
Pour nous, les flots d'argent de la mer de Toscane
Étendront sur leurs bords leur frange diaphane ;
Pour nous, les bains de Lucque épancheront leurs eaux,
Ou Pise étalera son luxe de tombeaux !
Mais, avant de finir ma lente période,
De mon papier trop court j'ai touché l'antipode,
Adieu donc. Je m'en vais avoir à déjeuner
Un auteur avec qui je vais me promener :
C'est l'auteur du *Lépreux* et du joli *Voyage* (1),
Pour qui son seul fauteuil fut le seul équipage.
C'est un fort bon enfant, enfant à cheveux gris,
Qui n'a rien oublié, mais qui n'a rien appris ;
Son esprit est toujours à la première page ;
Il a, ma foi, raison. Mais j'entends le tapage
Des tasses qu'on prépare et du beurre qu'on bat.
Ma pendule a sonné dix heures ; mais, ah ! bah !
J'oubliais de vous faire une lettre de change :
Ecco là ! Mettez-y date qui vous arrange
Et, si vous me pouvez prêter dix mille francs,
Très sérieusement encore, je les prends.

Lamartine s'est empressé, dès le lendemain, d'en écrire à l'abbé lui-même :

Florence, 13 février.

Tranquillisez-vous, mon cher et vieux pasteur... Comptez sur mon amitié à toute épreuve ! J'approuve tout ce que ma mère a fait et je sais très bon gré à Montherot de ce qu'il a avancé. C'est un bon

(1) Xavier de Maistre.

cœur et un bon esprit. Si on vous chasse de votre jardin, établissez-vous dans ma maison ou dans mon jardin de Saint-Point ou de Montculot ; je vous y offre asile, bon feu, bon dîner et bon plaisir d'hôte, etc.

A Florence, Montherot fait connaissance avec le *casino*-maisonnette. Il accompagne ensuite Lamartine à Casciano, où tous deux prennent des bains minéraux. Puis, renouvelant l'équipée de Chapelle et de Bachaumont, jadis, en pays languedocien, les poètes vont ensemble jusqu'à Pise où ils se quittent, et dès le 23 mai, une épître de Montherot part de Gênes :

Ce vingt-trois mai, dans Gêne, hôtel de l'Aigle d'Or,
De ma chambre je vois, bien mieux, j'entends le port
Dans ce port turbulent, quel horrible tapage !
Vous pourrai-je, mon cher, griffonner une page
Parmi tout ce fracas où je suis exposé ?
Si j'étais sourd, bien sourd, ce serait plus aisé !
. . . .

Le 12 juin, il se plaint beaucoup (1) :

Bien loin de ressentir une excessive joie
Je me sens affligé prodigieusement ;
La fièvre a reparu, pas forte, heureusement,
Mais peu, c'est trop !... avec empâtement au foie.

(1) Il se confirme ici que Lamartine entraînait son beau-frère à la marche. On imagine fort bien leurs silhouettes côte à côte : l'un, svelte,

Savez-vous ce que c'est qu'au foie empâtement?...
Je ne le comprends pas ; mais, puisque hélas, j'en tâte,
La faculté me traite afin qu'il se dépâte.
Que ne puis-je oublier mes maux en les rimant !

Pauvre Piéton, quel fruit de tes courses superbes !...
Tu crus en rapporter la santé, la fraîcheur ;
Et te voilà réduit au reptile suceur
Accompagné de bains, pilules et jus d'herbes !

Avant que de suspendre au cric ses gros souliers,
Par un dernier exploit lord Piéton se signale :
Par le col du Genèvre et l'Oysans il détale
De Turin à Grenoble en quatre jours entiers.

Entiers?... Je le crois bien : la route est conséquente !...
Trois sommets à franchir et d'éternels vallons :
Quatre longs jours de mai sont à peine assez longs :
Des milles mesurés la somme est cent quarante.

Majestueux génie, ô toi, mon protecteur,
Dont le trône est assis sur les cimes alpestres,
Tu promettais pour prix à mes courses pédestres
Et le calme de l'âme et des sens la vigueur.

élancé, escaladant les collines à grandes enjambées, afin de dominer vite et aisément les vastes espaces où flottent des nuées; l'autre, gêné par sa corpulence et même un peu geignant, mais pressant le pas de son mieux pour se maintenir au niveau de son illustre guide, en même temps qu'à la riposte.

Que si cette image suggère à mes lecteurs celle d'un autre couple d'amis, célébré par Cervantès, mon devoir est de leur laisser toute la responsabilité d'une comparaison aussi irrespectueuse.

Et toi, géant barbu, fils de Jean de Bologne (1),
Apennin, n'as-tu pas accueilli mon salut?
« Courage, m'as-tu dit ; atteins un double but ;
En marche comme en vers tu vas vite en besogne. »

Dieux perfides, en vain, d'un air léger et pur
J'aspirai sur vos monts les brises parfumées,
Du mélèse et des pins les vapeurs embaumées.
Et j'humectai ma lèvre à vos glaciers d'azur.

Plaisirs trop fugitifs !... Espérance trompeuse !
Reposant dans mon lit mon corps ensanglanté,
Je dis en gémissant : « Mon foie est empâté ! »
Et j'attens un accès de fièvre bilieuse (2).

Toujours soucieux par ailleurs, le destinataire n'attache comme de coutume aucune importance à ces jérémiades comiques et rassure sa mère, qui se tourmente pour le plus serviable des gendres : « L'état de Montherot, qui me le mande en vers burlesques, ne m'inquiète pas. »

Il est à cette époque « dans les fêtes jusqu'au cou, courses de chars, chevaux, théâtres. Toute la journée en uniforme et en galas par la ville, toute la nuit en bals, par 26 degrés de chaleur et avec la goutte au

(1) La grande statue de l'Apennin, sculptée par Jean de Bologne dans le jardin de Pratolino.

(2) Variante : De ma fièvre bilieuse.

pied » (1). Auprès de Virieu, il s'excuse ainsi de la rareté de ses lettres : « Il n'y a pas d'amitié, pas de verve, pas de zèle, qui résiste à 28 degrés, l'amour seul est à cette température, et véritablement, c'est son règne à Florence ; les nuits sont divines ; je les passe à errer en calèche dans les rues ou sous les pins harmonieux de Cascines, environné de beautés séduisantes qui disent : « Ohimé ! » et à qui je ne dis rien... »

On attend toujours M. de Vitrolles, et Lamartine s'occupe déjà de louer son *casino* à la princesse Galitzine. Il peut finalement songer au départ et, tandis qu'il annonce son intention formelle de se reposer un an dans la solitude de ses terres, ses amis, très au fait des projets qu'il entend mûrir durant cette période de recueillement, ne lui ménagent pas leurs plaisanteries. Ses ambitions politiques leur causent même une secrète anxiété. Nous trouvons dans l'album, à cet égard, sous une forme enjouée, de quoi en avoir la certitude. « Lamartine, nous dit Montherot, avait écrit à son ami Virieu une élégie bouffonne pour le plaisanter sur ce qu'il était très occupé d'une entreprise de forges et voulait devenir industriel. »

Illustre fabricant de métal de marmite,
Au fond de tes fourneaux ton cœur s'est-il fondu ?

(1) Lettre à sa mère, 26 juin.

Depuis que ton esprit s'est mis en commandite
Tu ne m'as plus, mon cher, écrit ni répondu.
Celui dont la pensée était fille d'Horace,
Celui que je nommais l'émule de Byron,
Que fait-il ? Il occupe une première place...
Où ? Dans un comité de marchands de Lyon !
Auri sacra fames!... Mais non, c'est qu'il s'ennuie !

« Virieu, continue Montherot, me pria de lui répondre sur le même ton, en le grondant de ce qu'il ne rêvait qu'à se faire nommer député. » La réponse est fort longue ; je n'en citerai que quelques vers :

Illustre producteur de vers mélancoliques,
Vos fourneaux dès longtemps pour nous n'ont rien fondu ;
Votre Muse à nos vers si beaux, si poétiques,
A fait la sourde oreille et n'a rien répondu.
Celui dont la pensée était fille d'Horace,
Celui que je nommais l'émule de Byron,
Que fait-il ? A la Chambre il postule une place...
. . . .
A la gloire des vers tu deviens insensible
Et ton âme descend jusqu'à l'ambition ?
Le rival de Byron n'est plus qu'un éligible ?
Il ne rêve qu'un mot : représentation !
. . . .

Tout le morceau, bien qu'amical, est écrit sur un ton de satire aiguë, parfois cinglante, et se termine par une exhortation à « saisir le seul laurier que le ciel lui destine ».

Les intimes de Lamartine manquent-ils de confiance en ses capacités d'homme d'État? Une intuition ne leur montre-t-elle pas plutôt leur ami à jamais séparé d'eux, s'éloignant seul vers une altitude lumineuse, d'où l'on ne redescend guère qu'en tombant?...

Voici les dernières épîtres échangées avant le départ de Florence. Lamartine s'est peut-être un peu reproché d'avoir si distraitement écouté les doléances de Montherot. Il s'avise de son silence et réclame affectueusement :

ÉPÎTRE VII.

Livourne, 23 juillet 1828.

Que devenez-vous donc, mon très cher camarade?
Êtes-vous mal portant ou seriez-vous malade?
Votre Muse jamais ne se fit tant prier
Pour noircir de ses vers un carré de papier.
Eh quoi! Les bords charmants de ce lac poétique
Dont me berça jadis le flot mélancolique,
Les vieux murs d'Hautecombe ou le mont dit du Chat
N'auraient-ils donc plus rien qui frappât ou touchât?
Que j'étais différent dans ma verte jeunesse!
Que ces lieux m'inspiraient de joie ou de tristesse!
Mais la corde se brise à force de vibrer :
Je ne puis maintenant ni rire ni pleurer!
(Vers sublime, il me semble, et que, dans son poème,
Byron, blasé sur tout, eût trouvé de lui-même.)

Ma foi, si je faisais un poème aujourd'hui,
Je prendrais un sujet burlesque, ainsi que lui.
La nature, mon cher, est double comme nous :
Quand on la vit dessus, il faut la voir dessous !
(Mais, ô ciel ! qu'ai-je fait ? Après la masculine,
J'ai, par omission, omis la féminine !
Ce n'est pas tout encore : en griffonnant ces vers,
J'ai commencé la page, hélas, par le revers !)
Reprenons ! Je disais que si jamais ma Muse
Revient me visiter, je veux qu'elle s'amuse !
Et puisse-t-elle aussi divertir mes lecteurs.
Le Parnasse français ne roule que des pleurs.
Il est doux de pleurer quand on a de la peine,
Mais pleurer sans chagrin est une rude peine.
Ainsi font mes amis pleins de componction,
Qui pleurent d'impuissance et d'imitation.
Je suis, depuis dix jours, dans les murs de Livourne.
Et, de quelque côté que mon regard se tourne,
Je vois de toute part la ville de Livourne !
J'attends, incessamment, l'ambassadeur du roi,
A qui je laisserai très gaîment mon emploi
Pour aller lentement, vers la fin de septembre,
Retrouver mes amis, ma patrie et ma chambre !
Il est doux d'occuper un poste officiel
Auprès d'un très bon prince et sous un très beau ciel ;
Il est doux de toucher, pour prix de tant de peine,
Chez le banquier du roi, cinq cents francs par semaine ;
Il est doux d'en manger trois ou quatre fois plus
A traiter ses amis ou les premiers venus ;
Il est doux d'endosser un superbe uniforme
Et le fourreau sans lame et le chapeau sans forme ;
Il est beau de tenir, avec des potentats,
Un dialogue à deux où l'on ne parle pas !

Mais il est doux aussi de vivre à sa manière,
Soit dedans son château, soit dedans sa chaumière,
De fouler sous ses pieds l'uniforme poudreux
Dont le galon cuivré peut faire dix heureux,
De laisser à jamais dans l'ombre d'une armoire
Et l'escarpin à boucle et la culotte noire
Et, vêtu de futaine ou bien de molleton,
De passer sa journée à battre du carton,
A tailler son jardin, à ramer des pois chiches,
A chercher dans ses bois d'amoureux hémistiches,
A rêver, à dormir et même à s'ennuyer...
Il faut un peu d'ennui pour se désennuyer !
J'en suis là : j'ai besoin d'un an de solitude
Et de ce doux ennui dont j'ai tant l'habitude ;
Je puis reprendre après quelque poste d'honneur ;
Mais, pour ce moment-ci, votre humble serviteur !

Mais il faut, mon ami, qu'ici je vous raconte
L'aventure arrivée à notre aimable comte (1).
De Lucque à sa campagne il revenait la nuit,
Par un bon postillon et deux chevaux conduit.
Quatre brigands armés, au détour d'une roche,
De quatre coups de feu percent à jour son coche,
Puis, s'approchant du maître avec civilité,
Lui demandent la vie ou bien la charité !
« La charité, messieurs ? C'est juste ! Je m'accuse !
Vous la prêchez trop bien pour qu'on vous la refuse ! »
Puis, d'un air empressé fouillant ses deux goussets :
« Je n'ai que trois sequins, mes amis, prenez-les !
Peut-être un autre jour aurai-je davantage !
Revenez, s'il vous plaît, à mon premier voyage ! »

(1) De Maistre.

Satisfaits de son offre et de sa bonne humeur,
Les brigands étonnés ont dit : c'est un rimeur !

J'ai loué pour un an ma maison de Florence
A cinq cents francs par mois, — six mille francs, je pense ;
Une princesse russe en prend possession ;
Je veux beaucoup soigner mon acquisition
Et j'espère, en cinq ans, rentrant dans mes avances,
Par les intérêts seuls rembourser mes dépenses.
Je vends pour y bâtir des morceaux de mes champs ;
J'en ai déjà trouvé vingt-deux mille francs
Sans ôter au jardin plus de vingt francs de rente ;
Ma foi, cela vaut mieux qu'une vigne qu'on plante
Et dont on vend le vin à vingt francs le tonneau
Comme on fait à Mâcon et voir même à Bordeau !
J'étais né pour bâtir une grosse fortune.
. . . .

D'Aix, Montherot ne manque pas à la réplique. Il confie que le lac du Bourget l'incite aux plus émouvantes rêveries, et conte l'histoire d'une sienne Elvire qui fait assez humble mine à côté de l'inspiratrice du *Lac*. Mais ceci n'est qu'une vérification, après tant d'autres, des proportions respectives du confident et du héros.

Ami, ce lac aussi me rappelle une Elvire,
Une scène touchante et de muets adieux.
Craintive, elle n'osait sur moi lever les yeux ;
Des témoins nous gênaient, chaque fois que la rame
S'arrêtait, et des flots ne battait plus la lame,

Et par elle et par moi sur la vague penchés
Dans le miroir des eaux nos traits étaient cherchés.
Je ne sais sur le bord quelle scène imprévue
Des témoins un moment a détourné la vue.
Elle tire en secret mes lettres de son sein,
Les baise, et sous la vague elle glisse sa main ;
Un adieu murmuré par sa lèvre tremblante,
Sur sa paupière humide une larme brûlante,
A celui qu'elle quitte un regard de douleur...
Ah ! combien cette scène alors toucha mon cœur !...
J'eus le premier amour de cette âme ingénue ;
Vingt ans se sont passés : je ne l'ai pas revue.

Lamartine, avant de quitter l'Italie, a risqué une tentative encore, inutile comme les autres, dans le sens de la carrière. Il a prié son ami Sercey de le mettre sur les rangs pour le poste de Rome, où il serait en peu de temps chargé d'affaires, si Chateaubriand, avec lequel il est en froid, ne s'interposait.

Le sort en est donc jeté ! Il abandonne « avec regret ce pays ravissant et cette cour, surtout, la plus vertueuse, la plus aimable, la plus amicale, etc. Nous serions de grands ingrats si nous ne laissions pas ici une partie de nos cœurs » (1).

(1) Lettre à la marquise de Raigecourt.

Il a attendu l'arrivée de M. de Vitrolles pour fréter la voiture de louage dans laquelle il partira dès que, l'ambassadeur ayant été présenté partout, le chargé d'affaires pourra se démettre de ses fonctions. Il appert qu'il a fallu trois semaines à cet équipage pour mener de Florence à Mâcon Lamartine et sa famille. Montherot l'apprend avec effroi :

Septembre 1828.

Est-il vrai que, bercé dans un lourd voiturin,
De Florence à Sestri, de Gênes à Turin,
De Turin à Mâcon traversant la Savoie,
Vous avez à pas lents suivi la grande voie ?
Si vous avez ainsi fait tout ce long trajet,
De résignation je vous donne un brevet.
De l'art dans son enfance invention maudite,
Vous qu'avec peine on prend, qu'avec plaisir on quitte,
Voiturins indolents qu'avec plaisir j'évite,
Je plains l'infortuné qui vingt jours vous habite !
N'en êtes-vous pas morts ? Je vous en félicite !

Si les objets ont des âmes, peut-être le lourd voiturin n'arrachait-il le poète à une terre élyséenne et ne le portait-il vers son destin tourmenté, qu'avec de miséricordieuses lenteurs ?

En septembre, il arrive à Mâcon. Qu'est devenu son cher *casino* toscan ? Il a, mon Dieu, fort prudemment arrangé les choses en revendant une partie des domaines, ce qui, assure-t-il, le fait rentrer dans tous ses débours. « Et je garde pour rien un joli hôtel parfaitement meublé que je loue vingt-cinq louis par mois, un beau jardin anglais et des champs utiles. Cette opération financière me donne envie de faire des spéculations. Hors des spéculations et de la haute politique, je ne suis plus propre à rien. L'ennui me possède beaucoup, comme dans ma première jeunesse. On change, dit-on, tous les sept ans. Je le crois de l'esprit, sinon du cœur, car je n'ai jamais changé d'amitiés, mais bien souvent de goûts (1). » Pour l'instant, il a de l'argent. Il le distribue. Il comble sa mère, plus heureuse encore des sollicitudes filiales que de soutenir son pauvre budget défaillant. « Je vais te revoir, écrit-il à Virieu, dès que j'aurai été à Saint-Point recevoir une réception à pied et à cheval avec tambour et canon, qu'on m'y ménage à mon insu. » Et dans son domaine dijonnais il médite. En vain a-t-il tenté d'y achever son volume des *Harmonies*. Il n'a su, tout en pensant à autre chose et en jouant avec ses chiens, que dessiner distraitement un lancier à cheval que sa petite fille prendra sans peine pour une barque. Montherot, dans une amusante épître, le raille de ces flâneries.

(1) Lettre à la marquise de Raigecourt.

*
* *

Ce ne sont pas les spéculations seulement qui rendent Lamartine pensif. Il y a la « haute politique »... Aussi, ne sommes-nous pas surpris de le retrouver tout à coup à Paris, où, disons-le, il commence par acheter mille choses pour sa femme : « Une superbe fourrure en petit gris avec un manteau de velours de je ne sais quoi bleu de la Chine, une robe de popeline ravissante, une capote, deux bérets à jours, des gants, des souliers et une jolie voiture à sa guise. Je suis ruiné, j'aurai à peine pour m'en retourner. Mais nous aurons de l'argent dans deux ans quand je voudrai publier mes vers. Cependant, cet argent est destiné à des œuvres pieuses (1)... »

Mais là n'est pas le vrai but de son voyage. Il va voir le roi, qui « le traite en toute bonté ». Il s'aperçoit qu'il a « germé et grandi pendant son absence et son silence ». Tous les jours, « il a trente ou quarante personnes chez lui, il est écrasé, étouffé d'amitiés, de prévenances, de cajoleries, de dévouements universels, ce serait à en perdre la tête » (2) ! Il ajoute qu'il ne la

(1) Lettre à sa mère.

(2) C'est à cette époque que Villemain donne lecture, à la Sorbonne, de l'*Hymne au Matin* et de *la Perte de l'Anio.*

perd pas. Tout cela est écrit à Virieu, le confident, véritable et sévère, de qui l'opinion lui importe le plus.

Car si le poète accueille avec une modestie supérieure les désapprobations littéraires, il est bien plus sensible aux discussions sur ses tendances politiques. Il sent son ami mécontent, réticent : « Je m'afflige du délai et de l'incertitude ; qu'est-ce que des affaires ? On a toujours le temps ; mais des amitiés, non. Mais tu ne comprends pas ma pensée centralisatrice et décentralisatrice, quand tu m'accuses de contradiction, etc. » Il faudrait citer toute la lettre, véritable réquisitoire contre l'individualisme en matière de gouvernement.

Voilà presque uniquement ce qui préoccupe l'esprit de Lamartine : « Je ne suis plus philosophe, c'est pourquoi j'irai loin dans le monde actif. Qui a ce qu'il rêve ? Je ne rêve plus. » Il ne rêve plus ; il est décidé à agir ; il va désormais guetter son heure.

Montherot, qui l'attend à Lyon, continue de s'escrimer fidèlement sous l'égide de sa Muse en cotillon court et souliers plats. De son côté, Lamartine, figé par le froid, perd cette vitalité allègre que lui a donnée la satisfaction de sa manie la plus chère, les travaux des terres et les bâtiments. Il dit à Montherot de ne pas l'attendre ; il n'ira à Lyon qu'en mars. Et il mande, probablement de Saint-Point :

ÉPÎTRE VIII.

(Sur l'air : *Gentil hussard.*)

Lundi passé, je devais vous écrire,
Mais des beaux vers la saison a passé.
Mes doigts transis grelottent sur la lyre ;
Il fait trop froid : l'Hippocrène est glacé.

Vous m'écrivez en vers dignes d'Horace.
Moi, mon ami, je ne sais que nombrer
— Non plus, hélas, les mètres du Parnasse —
Les pieds de roi qu'il me faut mesurer.

J'ai des piocheurs, des planteurs, qui me plantent
De bons poiriers de toutes les saisons ;
J'ai des maçons, qui jurent et qui chantent ;
J'ai des voisins qui grillent leurs cochons.

A ce train-là, que voulez-vous qu'on chante ?
Hugo lui-même aurait peine à chanter.
Lorsque j'étais chez mon oncle ou ma tante,
Que je n'avais rien du tout à compter,

Je rimais mieux... Mais au diable la rime !
De bons moments valent bien de bons vers ;
J'en ai beaucoup et le repos ranime
Les feux cachés sous mes trente ans couverts.

Oui, je pourrais retrouver dans mon âme
L'illusion qui rit en nous quittant ;
Sécher encore aux genoux d'une femme,
Je le pourrais !... Mais mon coursier m'attend.

Oui, je pourrais tirer encor des larmes
De cette harpe, écho de mes douleurs,
Et dans ses sons trouver de nouveaux charmes ;
Je le pourrais... Mais on m'appelle ailleurs :

Oui, je pourrais, plein de son froid délire,
Tenter la gloire en rimeur couronné
Et m'élancer sur les ailes de cire ;
Je le pourrais... Mais je donne un dîné !...

Oui, je pourrais, lorsque le temps me dure,
Et retrouvant en moi quelques moyens,
Solliciter une sous-préfecture...
Je le pourrais... Oui, mais j'entends mes chiens !

Mais tout ceci, mon cher, n'est qu'une farce.
Et, pour parler avec goût et raison,
La rime nue est l'éternelle garce
Dont les appas sont de toute saison !

Tous les matins, avant que l'ombre meure
Au jour mourant d'une lampe aux abois,
Près d'un bon feu je lui donne un quart d'heure,
Puis je me rase et me lave les doigts.

Ce moment-là suffit pour que ma vie
S'écoule ensuite avec grâce et parfum.
D'un pur nectar la goutte purifie
Un gros tonneau de vin plat et commun !

(Quoi ? Le feuillet... Ma foi, c'est assez d'un...)

Puis il convie Montherot à le venir voir :

(Sans date.)

Ainsi donc, j'attendrai que vous veniez me prendre !
Dites à Virieu qu'il ne faut plus m'attendre :
Je suis redevenu malade comme un chien.
Je ne puis plus bouger, boire ni manger rien.
Oh ! du froid et du nord désastreuse influence !
L'oranger et les vers ne poussent qu'à Florence.
J'attends dans la langueur la fin de ces grands froids.
Non, je ne suis pas né pour souffler dans mes doigts !
Mais adieu. Tout crispé, tout nerveux, tout morose,
Enveloppé des plis d'un vieux paravent rose,
Au ronflement du poêle allumé le matin,
Les pieds sur un chenêt, un bouquin dans la main,
Je n'ai pas même, hélas ! la force de le lire.
Je ne puis digérer ; comment pourrais-je écrire ?
Je n'écris donc plus rien ; j'ai brisé mes pinceaux ;
Je m'ennuye et m'attriste et m'étends comme un veau.
Mon encre est desséchée (*sic*), ma plume est vide et roide,
Et j'irais me noyer si l'eau n'était pas froide !

A cette époque, il sait qu'il lui faudra vraisemblablement renoncer à Londres. « Londres me sera enlevé par quelque brave garçon qui inspectera le service de la table ou du lit chez M. de Chateaubriand (1) ; or, je me sens trop vieux pour aller ailleurs, et trop fier

(1) Dans le *Cours familier de littérature*, Chateaubriand est célébré en quelques pages fort belles qui marquent l'objectivité si rare par laquelle Lamartine sait dégager son jugement de tout ressentiment personnel.

pour ce métier (1). » Et c'en est fait. Il ne pense plus qu'à la députation, dont on lui parle de tous côtés. Mais il n'a pas atteint les quarante ans réglementaires et il se contente d'esquisser, pour soi-même, une proclamation.

Virieu, l'ayant laissé quinze jours sans réponse à une lettre urgente, voilà qui nous vaut encore des vers à Montherot chargé de devenir le messager de son impatience :

ÉPÎTRE IX.

Mâcon, janvier 1829.

Voici, mon cher, une lettre
Pour monsieur de Virieu ;
Veuillez la faire remettre
A sa porte en tems et lieu ;
Sachez qu'à ce diable d'homme
J'envoyai lundi passé
Une conséquente somme
Dans un billet très pressé ;
Or, de toute la semaine
Il ne m'a rien répondu,
Ce qui me tient fort en peine
Si le billet fut rendu !

Voilà la glace qui craque !
Voilà la neige qui fond !
On dit que bientôt la barque
Va remonter de Lyon

(1) Lettre à sa mère.

Jusques au pont de Mâcon ;
Alors, nous vous attendrons !
Cependant, sachez d'avance
Qu'il fait, dans notre salon,
Beaucoup plus froid qu'à Lyon,
Beaucoup moins chaud qu'à Florence !
. . . .
Adieu donc ; voilà qu'on monte.
Il est six heures un quart ;
J'ai peur qu'on me fasse honte
De venir dîner si tard.

La lettre à Virieu débute ainsi : « Archiparesseux ! Écris au moins pour affaires !... Je suis bien vu de tous. On s'occupe beaucoup de mon élection future. J'aurai un fort parti... Je ne fais ni vers ni prose. Le temps en est-il passé ? Je me sens bien plus apte à l'action et à la parole politique et je m'en méprise. Adieu. Je vais dîner à une noce que j'accompagne à minuit à l'église. Je t'envoie ceci par Montherot, etc. »

Sa popularité s'étend. « Vous serez aussi puissant à la tribune que dans vos vers », lui prédit Victor Hugo. Il va à Paris, où l'on refuse la démission qu'il offrait. « J'y suis toujours fêté, aimé, prôné, caressé, enivré d'encens et de faveurs. » Il suit très attentivement le mouvement politique, prend soin de rester dans le vent et prévoit la révolution de 1830.

Montherot, lui, bien aise d'être sans autre ambition,

poursuit celle de parfaire les alexandrins à l'égal des reliures, et rêve d'enflammer son inspiration à celle de son correspondant.

Janvier 1829.

Eaux d'Hippocrène, heureux le rimeur qui vous lampe !
Dis-je tous les matins en allumant ma lampe ;
A l'ouvrage ! Invoquons le rythme alexandrin.
Las ! Pour l'alexandrin, je me sens mal en train.
Après quelques instants je rejette ma plume
Et vais à l'atelier relier un volume :
Dans cet art-là, je suis un habile ouvrier,
Mais quand je veux des vers essayer le métier,
Je suis pour tout sujet également stérile,
Hors pour un seul : à vous quand j'adresse mon style,
Je me trouve en haleine et parfois inspiré ;
L'encre ne coule pas assez vite à mon gré...

En avril, il va retrouver Lamartine à Mâcon. Rentré à Lyon, il lui envoie des vers de son fils, le petit Charles, qui n'a que sept ans, et qui rime !

Votre neveu sera grand poète, mon frère ;
Peut-être comparable au fils de son ayeul,
A vous ! Mais, sûrement, plus fameux que son père !
Écoutez ce couplet ; il l'a fait à lui seul !

Sur l'air : *O Pescator!*

J'ai perdu ma culotte,
    Mon gilet ;
Aussi ma redingote,
    Mon bonnet,

Il ne me reste rien
De tout mon bien
Que ma misère et mon chagrin !

A l'automne de la même année, après une nouvelle visite, à Montculot cette fois, Montherot reçoit à son tour une lettre qui est unique de sa sorte dans l'album. Il faut croire que le pacte est toujours bien rigoureux puisque Lamartine, ayant prié sa femme de le remplacer, la pauvre Anglaise est contrainte de diviser ses lignes en parties égales, mariées entre elles :

Montculot, jeudi.

Vous m'imposez, mon frère, une tâche bien rude.
De rimer en français j'ai bien peu l'habitude.
Mais il nous faut parler à chacun son argot.
Alphonse me prend donc pour son *alter ego.*
Je tiens sa plume ici ; que ne tiens-je sa verve ?
. . . .
Il la laisse dormir dedans son cabinet
Entre deux maroquins, sur un papier bien net.
En allumant son poêle il la trouve à l'aurore,
A la page, à la ligne, aussi prête d'éclore
Que je trouve au réveil, tout prêts sur mon tapis,
Ma pantoufle et mes bas juste où je les ai mis.
Mais le soir, le dîner appesantit sa tête,
Alors, tout comme moi... Mais ici je m'arrête
Et je vous avertis que nous sommes au soir !
Laissez donc des beaux vers le désir et l'espoir

Et ne vous attendez qu'à des lignes rimées
Dans mon papier étroit avec peine enfermées.
Montculot est tel quel que vous l'avez laissé,
Seulement, depuis vous, un talent a poussé :
Du talent paternel notre fille héritière
A mis, hier matin, son génie en lumière.
Son poème impromptu, sur un air de chanson,
A cinq ou six couplets. Voici l'échantillon :

Le printemps, romance sur un air de valse, qu'on chante sur un pied en tournant autour d'une table ou en montant le sentier de la Motte.

La saison s'avance,
Les feuilles recommencent,
Déjà l'herbe danse
Au joli chant
Du vent.

Et l'eau qui murmure
Dessus la verdure
Rend à la nature
La voix du printemps.

Et je vais, seulette,
Avec l'alouette,
Au milieu des champs,
De ma chansonnette
Répéter les chants.

Voilà ses propres vers. Eh bien ! qu'en dites-vous ?
Les couplets de Charlot n'en sont-ils pas jaloux ?
Alphonse s'en désole et dit avec tristesse :
« Que faire à la maison de cette poétesse ?
C'est assez d'un rimeur... »

Il était impossible que l'ambiance, jointe aux dons héréditaires, n'influençât point cette ravissante Julia auréolée de boucles blondes, qui ressemble tant à la mère du poète, et dont celui-ci parle sans cesse avec un exultant orgueil. On sait comment elle succombera, vers sa dixième année, aux fatigues du voyage en Orient.

Un sens poétique, qui n'est encore que touchant, ne se révèle-t-il pas dans les vers qu'on vient de lire et Julia n'a-t-elle pas, avec bien de la grâce, saisi le rythme qui semble perpétuellement errer autour d'elle? En lisant sa chansonnette, on ne cesse de s'attendrir que pour songer : peut-être un véritable poète féminin — il eût bien su fléchir la douce ironie paternelle — repose-t-il à Saint-Point, sous les espèces d'un petit corps d'enfant...

L'été s'est passé en incertitudes, en mutismes attentifs, en adroits coups de barre pour éviter de rentrer dans la vie active avec un poste inférieur et, cependant, ne pas lasser, ne pas mécontenter, ne pas se laisser perdre de vue. Entre temps, Lamartine prépare la publication des *Harmonies*, dont il déclare que quinze seulement sont lisibles sur cinquante. Il refuse de recommencer des visites en vue de l'Académie française, où pourtant il sera reçu. Il s'ennuie ; il imagine, dans un engourdissement mélancolique, le voyage qu'il voudrait réaliser. Et il écrit à Montherot, qui vient d'être admis à la Société des lettres de Mâcon (toujours l'ombre portée...) :

ÉPÎTRE IX.

Votre *Rose* (1) a charmé nos loisirs poétiques !
Je connaissais Crouton, que, de ses bras étiques
Mon vieil ami Pothier représentait si bien.
Ma foi, la *Rose rouge* à mon gré le vaut bien.
C'est un morceau fini ! Tremblez ! Le Pindarique
Y répondra, je pense, en vers académiques.
Il dira : admettons monsieur de Montherot ;
Il a autant d'esprit que Paillasse ou Pierrot,
Ces deux fameux auteurs qu'au siècle quarantième
L'Italie et la Grèce admiraient dans Athènes !
Venez donc débiter ce sublime discours,
Mais avant, parmi nous arrêtez-vous trois jours.
Je donnerai le ton à votre muse gaie
Qui de notre importance avec raison s'effraie.
Car nous serons bientôt, m'écrit-on de Paris,
Tout à côté de Droz (2) et de Maret (3) assis.
Mon père attend ce jour avec impatience.
Je ne le flatte pas d'une fausse espérance,

(1) Épilogue du discours que Montherot préparait pour sa réception.
(2) DROZ (Joseph), auteur de l'*Essai sur l'art d'être heureux*.
(3) Maret, duc de Bassano, membre de l'Académie française.

Car tout annonce encore un terrible combat
Contre les vieux amis du ministre d'État.
Entre nous, tout dépend d'une boule flottante.
Nous aurons quinze voix chacun, s'il en est trente.
Je m'en moque ou je m'en... ou m'en... vous m'entendez !
Votre oncle vous dira ce que vous demandez
Si jamais on rassemble, en une Académie,
Ceux qui font mieux ronfler la consomme endormie,
Il aura le fauteuil et l'aura mérité :
Tout l'alphabet pour lui, depuis l'A jusqu'au T,
N'a que deux sons jumeaux que toujours il répète,
Et les F et les B sont sa langue complète.
Je ne l'ai point revu ! J'ai z'été à Dijon,
Mais c'était à cette heure où, sur son édredon,
Content du déjeuner qu'en dormant il digère,
En songe il jure encor contre sa cuisinière.
Je ne dirai donc rien de ce coulis divin
Ni du fumet léger qui monte de ses vins.
Je n'en ai plus tâté depuis le jour funeste
Où, buveur maladroit ou mangeur trop modeste,
Je louai gauchement son nectar et ses plats
Qui, ce jour-là, sans doute étaient aigres ou plats !
Je demeure en ces lieux jusqu'au quinze novembre,
A courir dans mes bois ou rimer dans ma chambre.
Je m'y amuse peu ; à peine d'un rayon
Le soleil dans huit jours dore-t-il l'horizon.
De la pluie ou de l'eau, toujours ! Mais en revanche,
De la neige, souvent ; et, du moins, elle est blanche !

Voilà tous nos plaisirs. Point de livre ou d'amis.
A huit heures du soir, nous sommes endormis.
Le journal nous arrive une fois par semaine ;
Mais je coupe du bois, j'arrondis mon domaine,

Et je dis en suant pour grimper un coteau :
Mes jours sont sans nuage au fond de mon château !
Ah ! l'ennuyeux pays ! Je le dis, j'en accouche !
Ce mot depuis longtemps était là sur ma bouche !
Pourquoi s'en faire faute ? Eh bien ! je vous le dis ;
A mon gré, la Bourgogne est un fichu pays !
Cependant, quelquefois, lorsque le vent nocturne
Hurle comme un vieux chien sous mon toit taciturne,
Quand, dans un ciel chargé de nuages flottants,
Une étoile des nuits brille de temps en temps,
Je me dis, je me dis et puis je me répète :
« Quelle nuit !... Quel beau ciel !... Voilà pour un poète !
Souviens-toi que tu l'es, du moins que tu le fus...
Eh quoi ? Ton luth glacé ne s'éveille-t-il plus ?
Il s'éveille, il gémit... Mais, hélas ! il m'ennuie
Autant que le brouillard, et la bise et la pluie !
Cependant, vous lirez, lorsque vous reviendrez,
Ce que du vieux Montbard vous nous apporterez.
Je ne fais rien du tout, et j'attends pour écrire
Qu'un souffle d'Orient vienne effleurer ma lyre,
Que le cèdre embaumé d'Oreb ou du Liban
Ait ombragé mon front au moins pendant un an,
Et que le flot d'azur de ces mers de l'aurore,
Berçant mon paquet-boat du Pirée au Bosphore,
M'ait cent fois endormi, m'ait réveillé cent fois,
Du murmure qu'Homère entendit autrefois !
Homère ! A ce saint nom mon courroux se rallume,
Je vois ce que j'écris... et j'écrase ma plume !!!

Et j'écrase ma plume !... Lamartine, en écrivant une facétie, ignore qu'elle contient une image véritable. Hélas ! plus jamais il n'enverra d'épîtres rieuses à son cher Montherot ! Dans quelques jours, le 18 novembre, sa femme, qu'il aura laissée en famille à Mâcon pour se rendre lui-même à Paris avec Virieu, adressera à ce dernier une lettre éperdue en le priant d'apprendre « à Alphonse, dont toute la douleur va lui tomber sur le cœur », la mort tragique de sa mère. Peu après, Montherot ira chercher son douloureux ami.

On lit, aux dernières pages du *Manuscrit de ma mère*, comment le poète arriva trop tard à Mâcon pour revoir Mme de Lamartine et, se souvenant du vœu qu'elle avait marqué de dormir à Saint-Point le grand sommeil de la terre, enleva nuitamment le cercueil et le transporta à Milly, puis à Saint-Point, avec l'aide des paysans.

Il semble que ces romantiques funérailles aient été doubles et que la jeunesse de Lamartine fût, elle aussi, restée ensevelie sous le suaire des neiges hivernales. Ni la correspondance, ni les œuvres du grand homme ne rendront plus désormais la sonorité juvénile, n'offriront plus la vivacité tendre que, même à travers les accents les plus désabusés, nous avons perçues jusqu'ici. Il désertera les lacs paisibles pour l'aventureuse tourmente des houles.

Le voyage en Orient, au cours duquel, par la mort de la petite Julia, la « sainte blessure » s'élargira au cœur du poète, ce voyage va transformer son esprit en l'accoutumant à de larges horizons qu'il souhaite avec une impatiente ardeur.

C'est un homme différent que sa patrie verra revenir. La douleur, la science, l'expérience, trois sentinelles redoutables aux médiocres dont elles fauchent l'élan, vont lui donner, avec les talismans suprêmes, l'impulsion qu'il attendait pour monter à l'assaut de son rêve — je veux dire de sa destinée.

JULIA DE LAMARTINE

D'APRÈS UN CRAYON DE MADAME DE LAMARTINE

APPENDICE

Il se trouve que les épîtres ayant servi de thème à cette étude sont dispersées sans trop d'écart sur trois années de la vie de Lamartine, et furent assez aisément reliées, soutenues entre elles par maintes recherches autour des faits, petits ou grands, qui pouvaient se vérifier et s'enrichir auprès de documents consacrés. Elles m'ont ainsi permis de recomposer, à la faveur de l'éclairage singulièrement intime où chacune d'elles se détache comme une lueur joyeuse, un aspect du stage à Florence.

Cette étude semble se borner là.

Il en serait de la sorte, en effet, s'il ne m'avait paru séduisant de faire connaître aux amis du poète, que rien de ce qui le touche ne laisse tièdes, le contenu presque intégral de l'album de Saint-Point.

Néanmoins l'unité s'arrête ici. Tout ce qui n'intéresse plus ce qu'on pourrait appeler « la période florentine » est divers, clairsemé.

***

M. de Montherot classe tout d'abord une fable qu'il déclare composée, en 1824, par Lamartine et lui :

LA PAIRE DE BAS
fable imitée des imitateurs de La Fontaine.

De figure et de taille égaux du haut en bas,
Deux jumeaux — il s'agit d'une paire de bas —

Aux jambes du roi d'Angleterre
Parurent à la cour,
Un jour.
L'un des deux — c'est, je crois, le droit — dit à son frère :

« Quel honneur de chausser un mortel couronné !
Mais vous, ainsi que moi, vous n'êtes pas orné
De l'ordre de la Jarretière ;
Gardez votre distance et marchez de manière
Que mon ruban par vous ne soit pas chiffonné. »
L'autre sourit de l'apostrophe,
Et répond en philosophe :
« Je ne suis pas jaloux d'un si frivole honneur.
Je me réjouis, je l'avoue,
D'être dans ce palais à l'abri de la boue ;
Mais si je dois du sort éprouver la rigueur,
Je saurai mieux que vous supporter le malheur. »
Le lendemain, quittant sa couche molle et moite,
Le roi remit — que dis-je ! — on lui remit les bas
En les changeant de la gauche à la droite.
L'un n'en fut pas plus fier ; l'autre gronda tout bas.
Mais quel fut son martyre
Un mois après
Aux jambes d'un laquais
Qui le salit et le déchire !
Cette fable instructive en sa moralité
Prouve qu'il ne faut pas avoir de vanité.

*
* *

Nous savons que la familiarité de La Fontaine agaçait Lamartine et, avec lui, toute sa génération ; le jabot négligé du « bonhomme » était considéré de très haut par la cravate à trois tours. Montherot se plaît à emprunter la morale du fabuliste pour railler la prodigalité de son illustre parent dans un poème comique : *Lamartine et La Fontaine*. Sous la signature *Belligneux* la gazette de Lyon, *Union nationale*, publiera en décembre 1850 et sous le titre

Un rêve, la même fable à quelques mots près, mais le nom de Lamartine y sera remplacé par celui d'Alexandre Dumas. Une coupure de ce journal est collée dans l'album.

***

Voici à présent une lettre de M. Bruno Rostand, armateur à Marseille. Ce nom, qui éveille l'attention, a éveillé ma curiosité. Vérifications faites, il s'agit bien d'un ascendant du poète Edmond Rostand, et la rencontre est belle ! Que put donc faire pour Lamartine le grand-oncle de celui qui écrivit *le Vol de la Marseillaise ?* Bruno Rostand procura au poète un navire pour son voyage en Orient. Il commerçait lui-même avec les Échelles du Levant ; un jour, un voyageur vint le trouver qui le pria de noliser un brick à son intention. C'était en juin 1832. M. Bruno Rostand mit à sa disposition l'*Alceste*, que, des fenêtres de l'hôtel Beauvau, le « riche voyageur » pouvait apercevoir se balançant dans le vieux port. — « Il nous comble, écrit Lamartine, de prévenances et de bontés. Homme instruit et capable des emplois les plus éminents..., il ne s'occupe qu'à répandre parmi ses enfants des traditions de loyauté et de vertu. Quel pays, que celui où l'on trouve de pareilles familles dans toutes les classes de la société !... et les mêmes qualités traditionnelles dans la chaumière, dans le comptoir ou dans le château ! »

***

L'album renferme encore des strophes courtes, vers de circonstance pour la plupart, qui se retrouvent dans l'œuvre publiée du poète. De l'écriture de Mme de Lamartine est ce fragment de lettre contenant quelques vers du poète : « Alphonse reçut en s'habillant pour dîner en ville un billet en vers de M. Viennet. Entre la cravate et le gilet il écrivit : »

En brisant ce cachet fragile
Je me suis dit : Ne lisons pas !

Reportez la lettre à Virgile (1) !
On s'est trompé de nom, de lieu, de domicile ;
On s'est trompé de date en timbrant d'ici-bas !

***

Il me faut citer aussi un poème inédit dédié : *A l'empereur Alexandre,* dont l'intérêt est plus historique que littéraire. J'en détache deux passages où l'on retrouvera le souffle du poète.

...Mais toi qui pour marcher à l'immortalité
N'as besoin que du temps et de la vérité,
Qui, dédaignant les sons d'une lyre asservie,
Ne veux d'autres flatteurs que ton siècle et ta vie,

Je ne viens pas t'offrir ce doux poison des rois
Que souvent de nos mains leur vanité respire,
Ni, comme chaque écho de ton immense empire,
Te répéter au loin le bruit de tes exploits :
Ton cœur repousserait cet impuissant hommage ;
Qu'importe à la vertu la voix du genre humain ?
Ton juge est dans le ciel, ta gloire est dans ta main ;
L'avenir d'un grand homme est encor son ouvrage.

...Si jusqu'à toi ma Muse élève ses accents
Ne crains pas qu'elle t'offre un encens téméraire ;
Elle sait honorer les maîtres de la terre,
Mais le Maître des rois seul obtient son encens.

Si ton front, fatigué du poids de la couronne,
Sur le sein virginal un moment s'abandonne,
Puisse son sceptre d'or étendu sur tes yeux
Appeler sur ce front que la gloire environne .
Les songes consolants qui descendent des cieux !

(1) M. de Montherot ajoute en note : « M. Viennet dut juger ces vers aussi spirituels que vrais!!! »

LETTRE DE L'EMPEREUR ALEXANDRE

Vos ouvrages, monsieur, m'étaient connus depuis longtemps, lorsque vous m'avez adressé votre lettre et procuré une jouissance nouvelle en me donnant une nouvelle occasion de goûter le charme de vos vers. Ils sont une preuve de plus que cette Religion sublime, vraie source de tout bien ici-bas, est aussi la source du vrai Beau. Pour se convaincre de cette vérité il suffirait de vous lire.

Sous de tels auspices, les succès ne sont pas seulement un titre à la gloire, ils assurent un droit à l'estime publique. La mienne vous est acquise, et je vous en offre ici le sincère témoignage.

ALEXANDRE.

Saint-Pétersbourg, le 16 août 1821.
A M. Alphonse de Lamartine.

***

Enfin, pour compléter un premier classement, une lettre inédite de Marceline Desbordes-Valmore. Elle vient, cette lettre que des doigts émus tracèrent d'une belle écriture ornée, apporter son témoignage au petit imbroglio littéraire qui nous a valu, dans les *Recueillements*, le poème dont chacun se souvient.

Mme Valmore, alors à Lyon, avait publié dans l'*Almanach des Muses* quelques stances gracieuses adressées aux simples initiales : A. de L...

Nacelle abandonnée,
Errante comme moi,
Avec ta destinée
Tu n'entraînes que toi ;
Que t'importe l'orage,
Libre jouet des vents ?
Moi, je crains le naufrage :
J'emporte mes enfants...

Leur destinataire était Aimé de Loy, jeune poète lyonnais, de médiocre talent et de nulle renommée, que Lamartine cite avec dérision dans ses épîtres II et V.

Or, qui donc, sinon Alphonse de Lamartine, pouvait prétendre à de telles initiales ? Ne lui appartenaient-elles pas de droit ?

Il répond aussitôt par un admirable chant :

Souvent, sur des mers où se joue
La tempête aux ailes de feu,
Je voyais passer sous ma proue
Le haut mât que le vent secoue,
Et pour qui la vague est un jeu...

Et voici la lettre par laquelle « la pauvre hirondelle », comme il lui plaît de se nommer, exprime sa radieuse gratitude :

Hélas, monsieur ! N'est-ce pas en effet l'aile d'un ange que j'ai sentie sur moi en lisant votre lettre et vos vers divins ? C'est au moins l'événement de ma vie qui m'a saisie de plus d'étonnement et de la joie la plus profonde. Pas une expression n'est capable de vous les peindre, à peine sauriez-vous encore ce qui s'est passé dans mon âme, si vous m'aviez vue pleurer en silence, lisant et relisant ces beaux vers, sans oser me persuader que je ne rêvais pas.

Quel que soit votre sort à cette heure, ne vous sera-t-il pas doux d'apprendre que je vous dois un bonheur infini ? Mais vous devez savoir aussi que j'ignore à quel titre vous m'en avez crue digne. Je n'ai jamais eu la hardiesse d'attacher votre nom à des vers trop faibles pour vous les offrir, ne voyez encore que mon cœur dans ceux que je vous envoie. Si vous savez bien ce que vous êtes, monsieur, vous sentirez en les lisant avec quel tremblement je les écris. Gardez-les, s'il vous plaît, et soyez touché du désordre qui y règne, il atteste une émotion que je n'espérais jamais sentir. Les vôtres ne me quitteront de ma vie !

Marceline VALMORE.

Lyon, le 18 février 1831.

***

Et maintenant, un grand vide, une immense lacune dans l'album. Le diplomate-poète, étroitement soutenu par les siens, tout nimbé encore de la flamme intime du foyer et des camaraderies du jeune âge, s'est insensiblement détaché de ces douces, un peu tyranniques tendresses, pour marcher dans la lumière crue de la popularité, dans les succès de l'homme qui se livre directement à la multitude !

Rejetant les valeurs anciennes sur lesquelles on a étayé sa foi, il évolue, il change... Et c'est parfois avec une douloureuse surprise qu'il considère l'abîme qui le sépare de ceux dont il partageait naguère les croyances. « Il y a évidence contraire pour nos esprits », écrit-il à Virieu.

Parmi ces êtres qu'il n'a point cessé de chérir, mais qui sont demeurés à mi-côte alors qu'il monte d'un effort inlassable, il est seul. Grande et noble solitude que connaît le génie et qui devient sa rançon !

« Si Dieu me seconde, dit-il quelque part, j'emploierai les années qu'il daignera m'accorder à trois grandes choses, qui sont, selon moi, les trois missions de l'homme d'élite ici-bas : ma première jeunesse à la poésie, puis... j'écrirai un livre d'histoire... si je peux, dans le style de Tacite... Puis... je jetterai la plume... qui n'est rien devant l'épée. J'entrerai résolument dans l'action et je consacrerai les années de ma maturité à la guerre, véritable vocation de ma nature, etc. Et, si la guerre me manque, je monterai aux tribunes, ces champs de bataille de l'esprit humain... Enfin, je ferai le livre éternellement à faire : *De natura deorum*, je mêlerai mon grain d'encens à l'encens des siècles. »

Qu'elles sont loin, les épîtres innocentes dictées par une amitié sans nuages ! Montherot, déçu, séparé de Lamartine par l'opinion, mais toujours méthodique malgré les traverses, poursuit la composition de son album qui revêt la mélancolie un peu funèbre d'un herbier : aux fleurs des collines toscanes, en qui subsiste finement le coloris et l'arome, succèdent d'autres spécimens qui, Dieu me pardonne, ont de l'analogie parfois avec la ronce et l'épine aiguës... Le pauvre François, soyons-en très sûrs, se déchire soi-même en les fixant. Et si nous y regardons de près, il est blessé plus cruellement encore que son illustre beau-frère. Mais ses attaques, qu'il lance en petits vers et qui veulent être cinglantes, gardent de la bonhomie et de la tendresse, en dépit de tout.

Lamartine, atteignant son arrière-saison,
Abdique son emploi de poète sublime.
Pour nous il est fâcheux qu'il renonce à la rime
Et pour lui, de vieillir sans rime ni raison.

BOCAGE ET LAMARTINE

(*Air connu.*)

Bocage que l'aurore
Embellit de ses pleurs,
Gazons naissants que Flore
Orne de mille fleurs...
Je n'ai plus souvenance
De ce couplet complet,
Varions la romance
Par un autre couplet (*bis*).

Bocage et Lamartine,
Héros de février,
La France vous destine
Un funèbre laurier ;
Lamartine, Bocage,
On doit aux deux auteurs
Le succès de l'ouvrage
D'où naissent nos douleurs.

1848.

Il joint même à sa collection, en les recopiant d'une plume vengeresse, les pamphlets des autres :

LES GIRONDINS

Un livre anarchique
Signé d'un grand nom,
A la République
Servit de brandon ;
L'auteur prétend faire
Un autre métier,
Et d'incendiaire
Devenir pompier .

Mai 1848.

(Le mot est de Mme de Duras.)

On connaît la stupeur et le scandale que provoqua l'*Histoire des Girondins* chez les amis comme chez les ennemis de Lamartine.

C'est un monument opportuniste que les *Girondins*. Les fascicules en paraissaient depuis deux ans avec un retentissement inouï, arrêtant les souffles des lecteurs transportés... Le tribun y jette tous les arguments de sa politique, tous les cris de ses généreuses passions, ennoblissant à son image les hommes et les choses, montrant les uns tels qu'il se rêve, les autres telles qu'il les voudrait.

C'est aussi un appel aux armes — un appel que la France écoute. « Il faut que quelqu'un se brûle la main, s'écrie-t-il ; je serai le Muscius Sevola de la raison humaine ! »

M. Henri de Lacretelle nous décrit (1) le poète allant voir les paysages et les lieux qu'il va peindre, ou faisant venir à lui les survivants de 93. « Un vieil ami de Fouquier-Tinville — il en avait — est accouru à son appel. Lamartine l'interrogeait sur le procureur de

(1) *Lamartine et ses amis,* par H. DE LACRETELLE.

la guillotine. — Au demeurant, quel homme était-ce ? — Charmant, toujours gai ! répondit le visiteur. »

Bien entendu, dans l'entourage familial on s'émeut plus que partout ailleurs.

M de Montherot note dans l'album : « En 1846, je passai quelques jours à Saint-Point. Mme de Lamartine me dit : « Je regrette de ne « pas vous avoir dit plus tôt de chercher à convertir Alphonse sur « un point ; il s'est pris d'admiration pour Robespierre. Écrivez-lui « à ce sujet. »

« Il dit à mon fils, à Paris, que ma lettre sur Robespierre était excellente. J'ai cherché à me la rappeler. La réponse est très remarquable. Cet autographe a du prix.

« Je vis avec un profond regret, dans les *Girondins*, que son admiration avait encore augmenté. »

LETTRE DE MONTHEROT

1846.

Il me vient une idée... (Bah !), mon cher frère, c'est de raisonner ou déraisonner sur une des grandes marionnettes que vous allez faire mouvoir dans votre *Histoire des Girondins :* Robespierre ! Comment le jugerez-vous ?... Dans votre jeunesse, ne l'avez-vous, ainsi que moi, regardé avec exécration et épouvante ? Aujourd'hui, êtes-vous disposé, comme moi encore, à voir quelque grandeur, du génie même dans ce grand criminel ? Cette opinion, qui est assez répandue, n'est-elle qu'un paradoxe ? Est-ce par patriotisme ou par vanité nationale que nous voudrions relever l'homme qui a gouverné la France avilie ?

Je n'admets pas cette expression consacrée chez les vieux républicains : Robespierre n'est pas jugé. Mais il fut autre chose qu'un lâche scélérat, qu'un monstre sanguinaire ; il n'était pas plus taché qu'Octave ; ses proscriptions sont-elles plus nombreuses ? Fut-il devenu aussi clément qu'Auguste ? C'était son but, je le crois ; mais l'atrocité des moyens ne doit-elle pas faire maudire à jamais sa mémoire ?

L'histoire nomme : *héros*, les tueurs d'hommes. Les tuer dans une guerre injuste ou sur l'échafaud, qu'importe, pourvu que le sang humain coule ?

N'êtes-vous pas d'avis, vous, apôtre du perfectionnement de l'espèce humaine, qu'un des points essentiels est qu'elle se corrige des héros ?

C'est dans Mme de Staël que j'ai lu pour la première fois un principe qui m'a révolté : « Les crimes du peuple, au début de notre Révolution, sont justifiés par les crimes antérieurs de l'aristocratie. » M. de Maistre, dans son terrible système des expiations, admet que Louis XVI a payé pour plusieurs de ses coupables aïeux ; n'est-ce pas exagéré ? Que la Terreur ait été une conséquence du despotisme de Louis XIV et des vices de Louis XV et de la noblesse, soit ; mais qu'on puisse la justifier, non.

Revenons à Maximilien. L'abbé Bonnevie raconte que, dînant chez Chateaubriand avec l'abbé Guyon, celui-ci se déclara l'auteur du fameux discours de Robespierre à la fête de l'Être suprême. Chateaubriand éclatant de rire se leva, fit le tour de la table en gambadant, frappant des mains et s'écriant : « Oh ! la bonne farce ! Vous, vous avez écrit ce beau discours ? » Cette pasquinade, punition trop sévère de la gasconnade de l'abbé Guyon, annonce que Chateaubriand admire dans Robespierre l'orateur, sinon l'homme d'État.

Les Français devraient être plus humbles en se souvenant que leurs pères ont été les complices de la Terreur. Des milliers de signatures ont demandé la mort de Louis XVI. Presque toutes étaient forcées par la peur, sans doute ; n'étaient-elles pas un crime de lâcheté ? Les gendarmes conduisaient les innocents à la mort ; les soldats mitraillaient à Lyon et à Toulon. Il n'y avait, dit-on, que quelques scélérats dans chaque localité — *quelques ?* Mais combien de milliers pour toute la France !

Oui, je suis honteux de ce que nous avons été les esclaves de deux grands hommes : Robespierre et Bonaparte. Nous prétendons aujourd'hui marcher en tête de la civilisation. Avons-nous le droit d'exiger que les peuples nous prennent pour modèle ?

Si j'étais publiciste, je n'aurais garde d'imprimer ce que je vous dis là : je suis bon patriote et je m'afflige de ce que nous ne fûmes ni ne sommes une nation estimable.

La Constituante a des droits à notre reconnaissance ; mais la Convention doit rester exécrée. Elle peut seulement servir d'enseignement ou d'épouvantail aux despotes futurs ; les rois et nobles oppresseurs seraient remplacés par des Conventions nationales.

Il me tarde de savoir si quelques-unes de mes idées se rapporteront aux vôtres.

Non, plus de guerres ! J'aime Marathon, Lepante, mais je ne relirai jamais Pharsale, Ancyre, Austerlitz, etc.

LETTRE DE LAMARTINE

Mon cher philosophe, je pense exactement comme vous sur R..., grand homme et grand scélérat ! Mais, chez lui, au moins, le crime avait une idée derrière : l'idée était sainte ; le crime, atroce ! « Le saint Dominique de la Rénovation. » J'en parlerai ainsi, mais avec la flétrissure qui doit toujours tomber sur le crime ; le sang est du sang ; on ne le lave pas avec des mots.

J'en suis sur lui et plongé dans le travail. Je suis ravi de trente pages qui terminent l'Assemblée constituante. Je vous lirai cela. Adieu, voici du monde.

En 1848, Mme de Lamartine écrit encore à son beau-frère au sujet des *Girondins*.

LETTRE DE MADAME DE LAMARTINE

Les *Girondins* sont en pleine Terreur. Alphonse a moins d'un volume à faire, mais la matière abonde. Il espère avoir fini au 15 janvier et ne partir qu'alors... Les événements ont pris le soin de justifier son avertissement sur le mariage espagnol et les cartes se brouillent joliment. M. Farne, l'éditeur, est venu de Paris sur le bruit que les *Girondins* étaient finis. Et il a emporté la permission de mettre trois volumes sous presse en janvier, pour paraître en mars à peu près.

C'est à Paris que le travail des épreuves va être terrible pour moi ; je vais être en lutte continuelle pour obtenir des corrections dont je n'obtiendrai pas le quart, mais chaque mot gagné sera une victoire dont il n'y aura que moi qui sache la bataille et le péril. Vous savez qu'il n'aime pas à corriger ni le sens ni les phrases, ni même les mots. Il écrit d'abondance, abondance miraculeuse, mais qui aurait besoin d'être coordonnée. Les épithètes vont toujours au delà de la pensée. Le public les prend au pied de la lettre en bien ou en mal. Une chose qui n'a qu'un bon côté est *sublime;* celle qui n'a qu'un côté mauvais est anathématisée. Le public n'y met pas le correctif et blâme l'auteur ; je passerai un mauvais hiver !

On le voit, Lamartine avait à combattre l'affection presque autant qu'il lui fallait combattre la haine.

Quelles que fussent les corrections arrachées à sa magnifique négligence plus qu'à sa volonté, une pensée aussi jaillissante, aussi débordante, aussi tumultueuse, n'en devait pas moins subsister tout entière. Les digues timidement présentées à ce torrent par des mains timorées sont emportées comme des brindilles. Seule, la prodigieuse étape, la voie amère, sera capable de ralentir, d'assagir, d'ordonner. Plus tard, relisant son œuvre, Lamartine vieilli, renoncé, dépouillé, se juge, s'humilie. (Racine aussi s'est humilié. L'œuvre ou l'acte renié de la sorte en appelle aux générations.)

Cependant, il ne condamne pas l'image de Robespierre telle que la fixe l'*Histoire des Girondins*. Peut-être « serait-elle plus sévère, parce que j'ai vu son ombre dans la rue en 1848, mais elle ne serait pas plus juste ». « Les révolutions, ajoute-t-il, ne sont pas, comme on l'a dit, l'interrègne de la conscience, elles en sont l'épreuve et elles ne succombent que pour avoir mêlé dans leur œuvre le crime et la vertu. » C'est ce que Lamartine se reproche à soi-même, en se frappant la poitrine devant la postérité et en la conjurant de déchirer la dernière page de ce roman lyrique qu'est l'*Histoire des Girondins*. Une phrase surtout le hante : « La mort, écrivait-il à propos de l'assassinat de Louis XVI, tenant la hache régicide d'une main et le drapeau tricolore de l'autre, fut prise seule pour négociateur et pour juge entre la monarchie et la république, entre l'esclavage et la liberté, entre le passé et l'avenir des nations. » En 1862, il traite cette phrase de concession menteuse : « Périsse cette phrase ! Honte sur moi pour cette complaisance ! Je voulus amnistier les apologistes de la Révolution et je me suis condamné moi-même ! C'est la vengeance intime de Dieu : il l'exerce dans la conscience ; sa seule justification, c'est la douleur ! »

Mais l'album de Saint-Point se clôt à l'heure où Lamartine, charmant les fauves comme Orphée, connaît tous les triomphes et devient l'ouvrier d'une République dont il prophétisait dix ans auparavant : « Vous la verrez, et plutôt deux fois qu'une ! Elle sera la succession nécessaire de Louis-Philippe. Que n'ai-je le temps d'en laisser le moule, dût la statue qui en sortira être vite brisée. Car elle se reproduira ! »

Lamartine, en créant ce moule, laissait à la postérité une nouvelle image, généreuse, éloquente et pure, de son universel génie.

FIN

Cet ouvrage a été achevé d'imprimer par

Plon-Nourrit et Cie,

à Paris, le 27 juin 1923.

www.ingramcontent.com/pod-product-compliance
Lightning Source LLC
LaVergne TN
LVHW012017220826
846092LV00001B/379
9782329773056